Das Papageienbuch

Das Papageienbuch

Liebesgeschichten
aus dem alten Indien

Die ersten zwölf Abende

Ins Deutsche übertragen
von Georg Rosen

ANACONDA

Der Text folgt der Ausgabe *Tuti-Nameh. Das Papagaienbuch. Eine Sammlung orientalischer Erzählungen*. Nach der türkischen Bearbeitung zum ersten Male übersetzt von Georg Rosen. Erster und zweiter Theil. Leipzig: F. A. Brockhaus 1858. Orthographie und Interpunktion wurden den Regeln der neuen deutschen Rechtschreibung angepasst. Sämtliche Fußnoten des Übersetzers wurden übernommen.

Die Deutsche Nationalbibliothek verzeichnet diese Publikation in der Deutschen Nationalbibliografie; detaillierte bibliografische Daten sind im Internet unter http://dnb.d-nb.de abrufbar.

© 2011 Anaconda Verlag GmbH, Köln
Alle Rechte vorbehalten.
Umschlagmotiv: Patterned cloth with Peacock (England, 2.Hälfte
19. Jahrhundert), © The Design Library, New York / bridgemanart.com
Umschlaggestaltung: Druckfrei. Dagmar Herrmann, Köln
Satz: InterMedia, Ratingen
Printed in Czech Republic 2011
ISBN 978-3-86647-683-7
www.anacondaverlag.de
info@anaconda-verlag.de

Inhalt

GESCHICHTE DES KAUFMANNS SAÏD UND SEINES SOHNES SÂÏD

In den indischen Büchern wird erzählt, dass in der Gegend von Suf eine große Stadt voll Reichtums und Wohllebens war und rings von vielen Städten und großen und kleinen Ortschaften umgeben. Unter den Vornehmen dieser Stadt befand sich ein Kaufmann namens Saïd, der das Maß seiner Reichtümer selber nicht kannte. Dieser hatte keine Kinder, was ihn im höchsten Grade betrübte und unglücklich machte. Sooft er von jemandem hörte, dessen Gebete Erhörung fanden, und wo immer man ihm von einer gesegneten Andachtsstätte sprach, da ging er hin und betete und flehte, dass Gott ihm ein frommes Kind bescheren wolle. Einst wallfahrtete er nach einem Grabe auf der Beerdigungsstätte gottheiliger Männer und flehte abermals um Nachkommenschaft. Da fand sein Gebet im Himmel Erhörung. Wenige Tage darauf trat in sein Haus ein erleuchteter Greis, welcher bei ihm zu Gaste blieb. Derselbe sprach zu ihm: »Oh Saïd, wenn du willst, dass dir ein Kind geboren werde, so gib von deinem wohl erworbenen Gute tausend Goldstücke den Armen. Dann wasche dich und erfülle deine Pflichten voll Vertrauen. Gott, der Erhabene, Herrliche, wird dir aus der Fülle seiner Barmherzigkeit einen Sohn verleihen, den sollst du Sâïd heißen.«

Der Kaufmann tat, wie ihm der Alte vorgeschrieben, und nach dem Willen des Höchsten wurde ihm, als kaum neun Monate und zehn Tage verflossen waren, ein Knäblein geboren. Die Gelehrten und Sterndeuter, deren es sehr viele in jener Stadt gab, machten sich sogleich daran, des Kindes Horoskop zu stellen, und fanden es höchst glücklich und gesegnet. Kaum war der kleine Sâïd vier Jahre alt geworden, so übergab man ihn zum Unterricht einem Lehrer; er wurde nun von Tage zu Tage schöner, sodass er, die ihn Sehenden entzückend – und die Herzen mit Liebespein umstrickend – als der reizendste Knabe in seinem Jahrhundert – nah und fern ward bewundert. – Als er in sein sechzehntes Jahr getreten war, erhielt er Anleitung zur Erlernung der Kaufmannschaft, und als er sein zwanzigstes Jahr zurückgelegt hatte, suchte man, um ihn zu behüten vor der Wüste – der bösen Gelüste – und ihn zu bewahren – beim Guten und Ehrbaren – in der ganzen Stadt nach einer guten, anständigen – edeln, verständigen – rosenwangigen, schönheitserkorenen – unter gutem Stern geborenen – reizenden Maid – der lieblichsten ihrer Zeit – um sie mit ihm zu verheiraten. Man fand sie in der Person der Mâhi-Scheker, welche sofort für Sâïd zur Ehe begehrt wurde. Alsdann bereitete man eine Hochzeit, und Sâïd ward zum jungen Ehemanne. Als er die Mâhi-Scheker sah, wurde er so in sie verliebt, dass er tausendmal sein Leben für sie gelassen haben würde und sein innerstes Herz an sie gefesselt war. Ebenso aber fing Mâhi-Scheker, als sie ihres Mannes Wuchs und Gestalt sah und sie seine Leidenschaft bemerkte, ihn bis zum äußersten zu lieben an –; kurz, dies treue und zärtliche Paar ging so ganz in gegenseitiger

Liebe auf, dass es über Kosen und Tändeln die ganze Welt, ja sogar Essen und Trinken vergaß. Wie es im Liede heißt:

> Sie aßen, sie tranken und schliefen nicht mehr,
> Sie liebten einander so sehr, so sehr!

Es kam so weit, dass Sâïd sein Geschäft gänzlich liegen ließ und nicht einmal, um seinem Vater und seiner Mutter einen Besuch abzustatten, seine Frau verlassen wollte.

Als nun Chodja* Sâïd sah, dass sein Sohn von der Liebe völlig umstrickt sei, sprach er bei sich selbst: »O Gott, ich habe von dir einen frommen, aufrichtigen – klugen und tüchtigen – Sohn begehrt, der in meinem Alter das Geschäft übernehmen sollte, sodass ich der Ruhe pflegen könnte. Welch ein unbegreiflicher Ratschluss ist es nun, dass dieser Sohn mein Unglück geworden ist?« – Während er so demütig flehte, kam ihm der Gedanke, er wolle seine Freunde zu einem Gastmahl einladen, dann seinen Sohn herrufen und ihn vor aller Welt vermahnen.

Gesagt, getan: Er bereitete ein Gastmahl, und mitten unter seinen Freunden hub er an, seinen Sohn zu vermahnen, indem er sprach: »Du meiner Augen Sonne – und meines Herzens Wonne – du bist das Kapital, von dem ich lebe. Siehe, der Garten meines Daseins geht

---

* Ein Titel wie unser »Herr«, mit dem vorzüglich Personen aus dem Kaufmannsstande belegt werden.

der Entblätterung entgegen, meine Gestalt ist zum Bogen geworden, und meine Füße haften im Schlamme des Greisenalters. Du aber bekümmerst dich um keinerlei Geschäft und magst deine Frau keinen Augenblick verlassen. Nun will ich dir freilich Erlaubtes nicht verbieten; aber es passt sich doch nicht, dass du dein ganzes Leben mit deinem Weibe vertändelst. Bei Tage betreibe dein Geschäft; dann gehst du abends zu ihr, bleibst bei ihr, scherzest, kosest und bist lustig mit ihr. In der Jugend fehlt es ja nicht an Trieben zur Lust, und jeder Umgang lässt seinen Eindruck zurück. Ja, es ist bekannt, dass achtzig fromme Männer einen Taugenichts nicht bessern konnten und dass im Gegenteil der eine Taugenichts die achtzig Frommen in die Irre führte.« – Als Sâïd diese Worte hörte, fragte er seinen Vater: »Erzähle mir doch, was ist das für eine Geschichte? Die möchte ich hören.«

Und Chodja Saïd, der Kaufmann, erzählte:

Von dem Taugenichts und den achtzig Frommen

Die Geschichtsschreiber berichten, dass im Lande Hormuz ein gewisser Nachod lebte, der einen Sohn hatte. Als letzterer in sein dreizehntes Jahr getreten war, hatte er sich schon allen möglichen Sünden und Lastern ergeben und fand unter andern Gräueln auch an dem Würfelspiel Wohlgefallen. Alle seine Verwandten und Angehörigen schämten sich deshalb seiner; endlich gab einer von ihnen dem Nachod den Rat, achtzig im freien Felde aufgewachsene und mit den Lastern der Städte unbekannte fromme Männer aufzusuchen und sie mit seinem Sohne in ein Haus einzusperren. So, meinte er, würde aller Wahrscheinlichkeit nach ihr Umgang auf ihn einen guten Eindruck machen und er von seinem schlechten Wandel ablassen. Nach diesem Rate suchte nun Nachod achtzig fromme Männer auf, die er unter tausend Versprechungen reichlicher Belohnung auf achtzig Tage mit seinem Sohn in ein Haus einsperrte, wo man ihnen Speise und Trank von draußen hineinreichte. Um es kurz zu machen: Nach achtzig Tagen öffnete man die Tür und forschte nach dem Zustande der Gefangenen, ob die Frömmigkeit der achtzig wohl auf den Burschen Eindruck gemacht und er von seiner Lasterhaftigkeit abgelassen habe. Aber siehe da, die Frömmigkeit hatte auf den Burschen keinen Eindruck gemacht, und umgekehrt hatte sein Laster auf die achtzig Frommen eine solche Wirkung gehabt, dass sie samt und sonders zu Sündern und Würfelspielern geworden waren.

Mit diesen Worten schloss der Kaufmann Saïd seine Erzählung und Ermahnung und küsste beide Augen seines Sohnes Sâïd. Dieser nahm den Rat an, küsste seines Vaters Hände und beschäftigte sich von nun an mit seinem Gewerbe. Sein Vater gab ihm ein Grundkapital von tausend Goldstücken, um damit ein Geschäft zu beginnen, dem er seine Tage widmete. Jeden Abend begab er sich dann zu seiner Frau Mâhi-Scheker, um mit ihr lustig zu sein.

Eines Tages brachte man in den Basar der Zeughänd-
ler einen Papagei, den ein Mäkler unter lauten Anprei-
sungen umhertrug. »Dieser Papagei«, rief er aus, »ist der
Beredsamkeit beflissen – ein Meister der Wohlredenheit, der süßen – gelehrt in des Korans Geheimnissen
und bewährt in jeglichem Wissen. Tausend Goldstücke
sind sein Preis; wer ihn kauft, dem wird tausendfaches
Glück und wunderbare Gnadengaben zuteil werden.«

Als Sâïd dies hörte, dachte er bei sich: »Ei, was mag
das für ein Papagei sein!« Er trat näher, und siehe da,
es war ein Papagei, der schweigend in einem Käfig saß
und den viele Menschen umstanden. Da wunderte sich
Sâïd und sprach: »Um des Himmels willen, was für ein
Narr muss doch der Mensch sein, der sein Geld so sehr
für nichts achtet, dass er es für diesen Vogel hingibt!
Denn wenn er auch sprechen kann und den Koran aus-
wendig weiß, was nützt das alles? Vögel verstehen ja
den Sinn ihrer eigenen Worte nicht, und wenn dieser
da den Koran rezitiert und den Gebetvers hersagt, so
legt das den Hörern doch nicht die Verpflichtung zum
Beten auf. Für ein solches Tier tausend Goldstücke zu
geben, ist Narrheit, ja Sünde!«

Als der Papagei dies vernahm, hub er an wie das Meer
zu tosen – und wie die Nachtigall zu kosen – und er
sprach: »Ich lobe, Sâïd, und preise – deine Klugheit und
dein Urteil, das hochweise – deine Rede ist keine nichtige – und deine Worte treffen das Richtige. – Indessen
passt, was du sagst, doch nur auf andere Vögel und
Tiere und nicht auf mich. Mit Weisheitsperlen, kostbaren – und mit Edelsteinen der Erkenntnis des Wahren –

ist mein Herz erfüllt bis zum Rand – ja selbst das Zukünftige ist mir bekannt, und das Außernatürliche erfasst mein Verstand. – Wer handelt nach meinem Rat – der wandelt auf gedeihlichem Pfad – es kann ihm nicht misslingen – durch mich mannigfachen, großen Vorteil zu erringen. – Noch habe ich meine Vortrefflichkeit niemandem kundgetan; da ich aber in deiner Rede etwas Ausgezeichnetes wahrnahm, so habe ich Neigung und Liebe zu dir gefasst. Ich bitte dich, Sâïd, kaufe mich und lass dir den großen Nutzen nicht entgehen! Auch ich werde aus dem Zusammensein mit dir Vorteil ziehen und Ruhe haben, denn ich fürchte, in die Hände eines Narren zu geraten, der meinen Wert nicht kennt und mich quält.« – Als Sâïd dies gehört hatte, antwortete er: »Auch ich, lieber Papagei, fühle Neigung und Liebe zu dir; aber was soll ich machen? Ich besitze in der Welt nichts als tausend Goldstücke, und die bilden mein Betriebskapital. Womit soll ich denn handeln, wenn ich sie für dich gebe?« – »Diese Rede, Sâïd«, antwortete der Papagei, »ziemt einem Manne von deiner Einsicht und deinem Verstande nicht. Denn das eigentliche Vermögen und Betriebskapital ist auf dieser Welt die Tüchtigkeit und das Geschick. Wenn jemand tüchtig und geschickt ist, so fehlt es ihm auch nicht an Geld. Fehlen jemandem aber jene Eigenschaften und er besäße Karuns Schätze, wozu sollten sie ihm dienen? Auch heißt es in einem Verse:

Der Mensch bleibt Mensch, ist auch sein Beutel leer,
Der Esel Esel, ist sein Sack auch Goldes schwer.

Darum kaufe mich; mein Umgang soll dir sicherlich wunderbar nützen. Traust du aber meinem Worte nicht, so nimm mich eine Woche auf Probe. Ich habe dir einen Vorschlag zu machen, der dir dreifältigen Gewinn bringen soll; geschieht dies nicht, so gib mich zurück.« – Nach diesen Worten nahm Sâïd den Vogel auf Probe unter der Bedingung, nach einer Woche seinen Preis zu bezahlen, wo nicht, ihn selbst zurückzugeben. Dann sprach er zu ihm: »Nun sage mir, was du mir vorzuschlagen hast, ich will es tun.« – Der Papagei antwortete: »In einem oder zwei Tagen werden hier eine Menge Kaufleute von Bâbil eintreffen, um Narden einzukaufen. So geh du denn gleich jetzt und kaufe um tausend Goldstücke Narden ein. Du wirst damit mindestens doppelten Vorteil haben.«

Sâïd tat, wie ihm der Papagei gesagt hatte; er kaufte alle Narden auf, welche sich in der Stadt vorfanden, sodass dieser Artikel bei niemandem außer ihm anzutreffen war. Und in der Tat, nach einigen Tagen, siehe, da kamen aus Bâbil die Kaufleute; sie durchforschten die ganze Stadt nach Narden und konnten nirgends davon finden, bis man ihnen von Sâïd sagte, den sie sofort aufsuchten. Um es kurz zu sagen: Sie bezahlten dem Sâïd seine Waren mit dem fünffachen Preise und reisten nach ihrer Heimat zurück.

Sâïd hatte also die Zahl seiner Goldstücke auf fünftausend gebracht; er zahlte davon eintausend an den Verkäufer des Papageien und ein zweites Tausend an seinen Vater als Rückerstattung seines Darlehns, sodass ihm noch dreitausend als Betriebskapital verblieben.

Er brachte nun den Papagei, den er von da an unendlich liebte, nach seinem Hause und übergab ihn der Mâhi-Scheker, der er dringend anbefahl, ihn in Obacht zu nehmen. Der Vogel blieb immer in seinem Sinne, und wo ihm etwas Schwieriges zustieß, da fragte er ihn um Rat. Handelte er dann nach seinen Worten, da hatte die Sache nach Gottes Ratschluss jedes Mal einen guten Ausgang.

Eines Tages sah Sâïd auf dem Basar bei dem Mäkler ein Papageienweibchen und beschloss sogleich, damit seinem klugen Vogel eine Gefährtin zu verschaffen. Er kaufte es demnach für ein Goldstück, brachte es nach Hause und setzte beide zusammen. Das Weibchen hatte keinen Verstand, es war ja auch nur zur Gesellschaft für den weisen Papagei gekauft worden. – Dieser sagte tagtäglich dem Sâïd, was er tun solle, und letzterer handelte auch dementsprechend.

Eines Tages, als sie sich in gewohnter Weise miteinander unterhielten, pries der Papagei dem Sâïd die Vorteile einer überseeischen Handelsreise an; seine Worte machten auf den jungen Mann einen so lebhaften Eindruck, dass er sich zu einer Seefahrt entschloss und dies seiner Frau Mâhi-Scheker mitteilte. Als diese von der bevorstehenden Trennung hörte, hub sie zu weinen und laut zu klagen an; – Sâïd erklärte ihr, um sie zu trösten, dass der Seehandel großen Nutzen schaffe und dass man mit Geld und Gut seine Angelegenheiten in guten Stand setzen könne; aber Mâhi-Scheker erwiderte traurig: »Ich weiß wohl, dass der Wunsch, reich zu werden, bei dir aus edler Absicht entspringt. Aber wem willst du mich übergeben, wenn du gehst? Früher glaubtest du, dich keinen Augenblick von mir entfernen zu dürfen; wie willst du nun jetzt eine so weite Reise machen, und wie soll ich die Trennung von dir ertragen?« – Bei diesen Worten weinte sie so bitterlich, dass dem Sâïd das Herz wie Feuer brannte. »Ich weiß«, sagte er endlich, »meine Mâhi-Scheker, dass deine Liebe zu mir unbegrenzt und deine Treue unaussprechlich groß ist. Indessen heißt es mit Recht:

Hab und Gut bringt Segen
Auf Freundes und Feindes Wegen.

Und bin ich auch äußerlich fern, so bleibe ich doch innerlich, das heißt mit Herz und Sinn, immer bei dir. Aber ich habe dir noch einige Ratschläge zu erteilen und bitte dich, meine Worte zu beachten und wohl zu beherzigen. Erstens nämlich sollst du die beiden Vögel wohl behüten und in Acht nehmen und ja nicht versäumen, ihnen, was sie an Speise und Trank bedürfen, zur rechten Zeit zukommen zu lassen. Zweitens sollst du bis zu meiner Heimkehr dich keinen Schritt vom Wege der Enthaltsamkeit entfernen und, falls ich ein ganzes Jahr lang ausbleiben sollte und dann deine Leidenschaften und Lüste auf dich einstürmen, dir mit elenden, gemeinen Leuten nichts zu schaffen machen, sondern lieber mit einem dir gemäßen, schönen anständigen Manne von gutem Herkommen in Liebschaft treten. Dem stände nichts im Wege; doch bitte ich dich, auch dann mit dem Papagei zu Rate zu gehen.« – Da er also scherzte, fing Mâhi-Scheker, die ihn nicht verstand, überlaut zu heulen und zu weinen an, sodass er sie wieder in seine Arme schloss, sein Gesicht an das ihrige drückte und sprach: »Du meiner Seele süßes Leid – und meines Herzens Ruh und Freud! – Sei doch still, ich habe ja nur gescherzt!« – Mit solchen Worten begütigte er sie; doch gelang es ihm nur mit großer Mühe, Mâhi-Schekers Tränen zu stillen. Kurz, das treue Pärchen trennte sich so schmerzlich, wie sich Seele und Leib trennen, und beide empfahlen einander der Fürsorge Gottes. Sâïd bestieg dann, mit allerlei Waren versehen, ein Schiff und fuhr ab.

Mâhi-Scheker konnte sich über die Trennung von ihrem geliebten Gatten nicht trösten. Wenn sie morgens von ihrem Lager sich erhob, da redete sie die tändelnden Lüfte an:

>»Habt ihr von der zarten Rose
>   Keine Botschaft mir zu sagen?
>   Holde Morgenwinde!
>Hat mein Herze, hat mein Leben
>   Euch für mich nichts aufgetragen?
>   Sagt, o sagt geschwinde!«

Oft trat sie auch zu dem Käfig des Papageien, um mit seinen Klagen die ihrigen zu vereinigen, und oft endlich schüttete sie ihren Kummer gegen den ersten besten Hörer aus. Wie es im Liede heißt:

Wunderklug sind doch Verliebte,
Wie sie ihren Schmerz verhehlen!
Allen Türmen, allen Pforten
Möchten sie davon erzählen.

So verfloss ein ganzes Jahr. Eines Tages begab sich
Mâhi-Scheker nach ihrem Kioschk, gedachte dort
ihres geliebten Mannes und sandte ihm mit dem Mor-
genwinde einen Gruß. Es wohnte aber nach Gottes
unbegreiflichem Ratschluss in der nächsten Nachbarschaft ein vornehmer schöner Jüngling, der in Beziehung auf äußere Reize nicht seinesgleichen besaß.
Zufälligerweise fiel dessen Auge auf Mâhi-Scheker,
was die Folge hatte, dass er sich sofort auf das heftigste
in sie verliebte. Mâhi-Scheker hatte davon keine
Ahnung; bei dem Jüngling aber wuchs die Liebe von
Tag zu Tag so, dass er auf das Kläglichste seufzte und
stöhnte, und endlich, da er kein Mittel ausfindig
machen konnte, seinen Schmerz zu lindern, dem Ver-
zweifeln nahe war.

Ja flehe nur, Verliebter, klag und flehe,
Einst bringt dein Stern dich in der Teuern Nähe! –

Nun war aber in jener Stadt eine kluge, arglistige Alte,
die den Himmel zur Erde herabzuziehen verstand und
in allen bösen Künsten und Betrügereien Meisterin
war. Zu dieser begab sich der Jüngling, erzählte ihr sein
Leid und bat sie, ihm zu helfen. »Wenn ich«, so schloss
er, »durch dich meinen Wunsch erreiche, so will ich

dich steinreich machen.« – Kaum hatte die Alte die Geldversprechung vernommen, als sie –

Gleich dem Weib, das Ferhaden Netze gestellt,
Die ältere Schwester der uralten Welt –

das Geschäft auf sich nahm und sich mit den Worten verabschiedete: »Gar bald sollst du deinen Wunsch erreichen, und ich werde dich zu der Schönen hinbringen.«

Wie eine Eule ließ sich dann die Alte auf das glückliche Haus der Mâhi-Scheker nieder. Nachdem die rosige Schönheit der jungen Frau vor ihren Blicken aufgegangen war, ließ sie aus innerster Brust und tiefster Seele einen kalten Seufzer hören. Mâhi-Scheker fragte sie teilnehmend: »Was seufzest du? Hast etwa auch du gleich mir Trennung von deinem Manne zu erdulden? Seufzer stehen mir an, die ich schon ein ganzes Jahr von meinem innig geliebten Manne in schmerzvoller Trennung lebe. Diese Trennung vernichtet mein Lebensglück!« – Als die alte Betrügerin dies von Mâhi-Scheker vernommen hatte, öffnete sie ihren hässlichen Mund, um in ein argloses Herz arglistige Worte auszusäen. »Mein Schätzchen«, sagte sie, »behüte und bewahre! Das wäre doch schade, dass ein so niedliches Herzensdiebchen wie du einsam und betrübt in einem Winkel säße! Und nun ist es gar schon ein volles Jahr, dass das Elend der Gattenlosigkeit auf dir lastet! Aber, um des Himmels willen, fehlen denn einem lieblichen Wesen wie dir jemals

Freunde und Verehrer? Gott sei Dank, nein! Tausende in dieser Stadt sind von deinen Rosenwangen bezaubert. Aber so viele Liebhaber du auch haben magst, es verdient doch einer, der ganz nahe in deiner Nachbarschaft wohnt, ein vornehmer, sehr schöner Jüngling, vor allen den Vorzug. Der Ärmste hat sich auf dem Pfade der Liebe so abgehärmt, dass ich während meines ganzen Lebens nicht den hunderttausendsten Teil seines Wehs dir beschreiben könnte. Freilich bist du wohl in deinen Mann verliebt, gleichwie dein Mann in dich; aber du weißt ja, welche Medizin die gelehrten Ärzte gegen die Liebeskrankheit verordnen:

Wie die Liebe sei zu heilen,
Fragt ich gestern einen weisen,
Einen lieberfahrnen Mann.
Und er sprach: Wer nicht ertragen,
Dulden kann, der geh auf Reisen;
Dulde, wer nicht reisen kann! –

Dein Gatte löscht nun die Glut seiner Liebe durch Reisen: er findet Unterhaltung und Vergnügen – stets neue Länder zu durchfliegen – und hier Tulpenauen – aufblühender Jungfrauen – und dort Stirnen anzuschauen – klar und rein – wie der Mondsichel Schein – und dort an rosigen Wangen – zu hangen – mit Blicken voll Verlangen. So lebt er in Freude und Lust, während du wegen seiner Abwesenheit in Melancholie hinbrütest. Verschieben denn vernünftige Leute wohl den Genuss der Gegenwart auf die Zukunft, die unbe-

stimmte? Morgen geschieht wieder etwas; darum belus-
tige und unterhalte dich schon heute mit dem vornehmen Jüngling! Wenn dann morgen dein Gatte eintrifft,
so bleibt dir ja seine Gesellschaft auf immer.«

Mit solch trügerischen Reden betörte die Alte das
arme, junge Weib, sodass es in der Hoffnung, vielleicht
eine Erleichterung für ihren Herzensgram zu finden,
noch denselben Abend den jungen Mann zu besuchen
versprach.

Von außen der Alten satanische List,
Von innen drängte unlautres Gelüst.

ERSTER ABEND

Kaum war es Abend geworden, als Mâhi-Scheker ihre Juwelen anlegte und sich putzte und schmückte. Endlich kam der Augenblick, wo sie sich losmachen konnte, und nun wollte sie sich eben zu dem Jüngling hinbegeben, als ihr Saids Abschiedsworte einfielen, dass sie nämlich, wenn sie ja mit einem andern Manne in Verbindung träte, wenigstens vorher mit dem weisen Papagei zu Rate gehen sollte. Wie sie sich hieran erinnerte, sprach sie zu sich selbst: »Rede ich mit dem weisen Vogel von diesem Verhältnis, so wird er mich von meinem Geliebten zurückhalten. Ein Mann nimmt ja immer für den andern Partei; der später gekaufte Papagei dagegen, das Weibchen, welches den Namen Muscharik führt, ist doch wenigstens von meinem Geschlecht und mir deshalb mehr zugetan. Es ist vernünftiger, dass ich diesem meine Herzensgeheimnisse mitteile und von ihm die Erlaubnis zu gehen nehme.«

Mit diesen Worten trat sie unter den Käfig des Vogels Muscharik, trug ihr Herzeleid vor und erzählte alles, was geschehen war. Kaum hatte das törichte Tier Mâhi-Schekers Rede gehört, als ihm die Adern des Feuereifers anschwollen und es zu rückhaltlosen, wenngleich durch reinen Sinn eingegebenen Worten den Mund öffnete. »Aber Mâhi-Scheker«, rief es aus, »was hat denn Sâïd, dein dich so treuliebender Gatte, an Herzlichkeit gegen dich fehlen lassen, oder welches Vergehen gegen die Treue ist dir von ihm bekannt geworden, dass du so schnell einem andern dein Herz geschenkt hast? Gott sei Lob und Preis, Sâïd ist gesund und munter und wird bald heimkommen. O Mâhi-Scheker, so wolle nicht zulassen – dass sich freuen, die dich hassen – und dass sich betrüben – die dich lieben – indem du Schimpf und Schande – auf deinen Gatten bringst vor dem ganzen Lande. – Du selbst wirst den Blick nachher nicht von dem Erdboden erheben können! Fürchtest du denn Gott nicht? Und schämst du dich nicht vor den Menschen, dass du dich auf eine solche Scheußlichkeiten einlassen willst?« Mit tausend Vorstellungen dieser Art suchte Muscharik die Mâhi-Scheker zurechtzuweisen. Diese war aber einmal in der Liebe zu dem schönen Jüngling befangen und empfand daher die Vermahnung, so gerecht sie war, sehr unangenehm. ›Die Wahrheit ist bitter‹, sagt das Sprichwort. Hastig öffnete sie den Käfig, ergriff zornig die arme Muscharik, schlug sie heftig auf den Boden und

Aufflog ihre Seele, das Vögelein
Vom Neste des Leibes zu besserem Sein.

Mâhi-Scheker war aber so erzürnt, dass ihr die Lust, den schönen Jüngling zu besuchen, vergangen war. Sie

ging also in ihr Zimmer und blieb. In dieser Weise verstrich ihr die Nacht, und ungeduldig erwartete sie den
folgenden Abend.

Als die Sonne untergegangen war, machte Mâhi-Scheker sich wiederum auf, um den Jüngling zu besuchen; jedoch fiel ihr da Sâïds Rat ein, und sie sprach bei sich selbst: »Mein Mann hatte mir empfohlen, mit dem weisen Papagei Rats zu pflegen; von der Muscharik war gar nicht die Rede. Aus Dummheit habe ich ein ebenso unverständiges Wesen, als ich selber bin, um Rat gefragt und bin dadurch ins Unglück gekommen. Jetzt will ich aber zu dem weisen Vogel gehen und ihn befragen; denn wenn er etwa auch meinen Beschlüssen widersprechen sollte, so kann ich ihn ja denselben Weg, den die Muscharik bereits gegangen ist, nachsenden.«

Mit wogenden Gedanken trat sie nach diesen Worten unter den Käfig des Papageien und erzählte ihm genau alles, was ihr begegnet war. Ihre Rede versenkte den Papagei in ein Meer von Besorgnissen, in welchem er hin und her getrieben wurde. »O Gott«, sprach er bei sich selbst, »du kennst meine Lage! Rede ich die Wahrheit, so verliere ich durch die Hand dieser Grausamen das Leben; rede ich aber ihren Lüsten gemäß, so bin ich gleichsam ein Helfershelfer bei ihrer Treulosigkeit, betrüge meinen Wohltäter und zeige mich mit der Sünde einverstanden. Damit verdiene ich mir dann ewige

Strafe am großen Tage der Vergeltung.« – Nach längerm tiefen Nachdenken wandte er sich darauf zu Mâhi-Scheker und sprach: »Du an der Anmut Firmament leuchtender Mond – die in der Lieblichkeit Gartenau als Königin thront! – Möge Gott deine Schönheit täglich mehren – und dem frischen Blumenbeet deiner Vollkommenheit liebliche Früchte bescheren! – Deine Schönheit kann nicht gestatten – dass unter der Einsamkeit Schatten – du suchest Rast – und werdest ein Gast – im Winkel der Zurückgezogenheit – du die Perle der Zeit – das schönste der Weiber weit und breit! – Schon längst drängte es mich, dir dies zu sagen, doch fürchtete ich, du möchtest es übel nehmen; ich schwieg daher und sage es erst jetzt, wo sich eine Gelegenheit darbietet. Aber, o schöne Gebieterin, weshalb musstest du solche Geheimnisse einem unverständigen Wesen, wie die Muscharik war, mitteilen und ihre Zustimmung fordern? Die Muscharik hatte keine Ahnung vom Wesen der Liebe, und die Wonne inniger Freundschaft war außerhalb ihrer Begriffe. Es ist ihr ganz recht geschehen, dass sie durch dich ihren Lohn gefunden hat. Sie war zugleich ein Lästermaul und sehr dumm, sodass ich schon längst vermied, mit ihr zu reden. Nun ist ihr verdienter Lohn ihr zuteil geworden! Was aber unsere Angelegenheit anbetrifft, so wäre es doch ein großer Fehler, jetzt gleich ohne Überlegung zur Tat zu schreiten. ›Der unbedachten Rede Ausgang ist Unglück‹, sagt das Sprichwort. Erlaube daher deinem Knechte, diese Nacht gründlich über die Sache nachzudenken, damit ich dir morgen Abend über die Pfade der Liebe genügende Belehrung erteilen und meine Dankbarkeit gegen dich, meine Gebieterin, beweisen kann.« – Mit diesen Worten beruhigte er die Mâhi-Scheker, sodass sie von ihm abließ. Dann wandte er die Nacht bis zum Morgen an, Listen auszusinnen.

DRITTER ABEND

Am Abend des folgenden Tags putzte sich Mâhi-Scheker mit mannigfachen Schmucksachen und erschien so anmutig und liebreizend, dass man sie für ein geistiges Wesen in Körpergestalt hätte halten mögen. Mit hundert Tändeleien trat sie, um die Pfade der Liebe zu erlernen, unter den Käfig und sprach: »Mein Papagei, du hochgelehrter – du in der Redekunst einzig bewährter! – Sage mir jetzt den Rat, den du mir gestern verheißen. Was du dir ausgedacht – und durch dein Sinnen zuwege gebracht, – leg mir's dar – und mach mir's klar!« – Worauf der Papagei – der Meister der Wohlrednerei – auftat seines Mundes Pforte – und sprach die Worte: »O Mâhi-Scheker, bevor ich deinen Wunsch erfülle, habe ich dir zunächst drei Dinge vorzutragen. Darauf sollst du wohl Acht haben; sonst hoffe nicht auf den Liebesunterricht – und auch auf den Besuch bei deinem Geliebten nicht. – Erstens: Da du in Liebe zu deinem Gatten befangen – und nach ihm voll Verlangen – von ihm wurdest verlassen – und deinem Schmerz bliebst überlassen – ohne Gramverscheucher – ohne Zuspruch edler Freunde, liebreicher – und dasaßest in Elend und Jammer – in der Einsamkeit Kammer – nun aber du einen Liebhaber gewonnen, einen liebreizenden – anmutspreizenden – so sollst du dies achten als ein Glück – und nicht des Genusses Augenblick – bis morgen ungenutzt lassen – sondern die Gelegenheit wohl erfassen. – Zweitens: Da, wie jedes Geheimnis mir klar ist – auch deines Gatten Treiben mir offenbar ist – so ist mir kund – wie er allerorten und zu jeder Stund – mit lieblichen Gesichtchen scherzt – und jasminduftige Mägdlein herzt – wie in frohem Genießen – auch seine Tage verfließen. – Zwar liebt er dich, sosehr es nur möglich ist zu lieben – doch sollst du nicht die Lust von heut auf morgen verschieben – und wohl benutzen schon heut – die Gelegenheit – die dir zum Genuss sich beut. – Es wäre doch ewig zu beklagen – wenn du wolltest der Erdenlust dich entschlagen – in frischen Jugendtagen! – Drittens: Wohl hat Sâïd mich gekauft und gezahlt meinen Wert – doch seine Hand hat mich nie genährt – nur du gabst mir Wasser und Speise – und bemühtest dich um mich in vielfacher Weise – du bist's, die mich gehegt – und mit Wohltaten mich gepflegt – drum deinem Dienst zu leben – und tausendfach für dich mein Blut zu geben – ist mein einziges Streben.

Daraus magst du verstehen, dass ich mich mit allen Kräften bemühen werde, deine Geheimnisse verborgen zu halten; und wenn du jetzt noch nicht die Wahrheit meiner Worte glaubst, so wird dich die Folge davon überzeugen. Deine Wohltaten und meine Verpflichtungen zu vergessen, ist mir völlig unmöglich; im Gegenteil werde ich, soweit ich vermag, bemüht sein, dir meine Dankbarkeit zu beweisen. Wahre Dankbarkeit ist aber nicht bloß mit der Zunge, sondern mit allen Gliedern zu leisten, und ich bin der Ansicht, dass, wenn man auch einmal von seinem Wohltäter eine Beleidigung erfährt, man darum doch seine alten Verpflichtungen nicht vergessen darf. Sollte mich daher auch meine Herrin einmal übel behandeln, so werde ich doch ihre Huld und Gnade mir nie aus dem Sinne schlagen. Es ergeht mir vielleicht mit meiner Treue wie dem armen Papagei, der in der Geschichte von dem indischen Kaufmann und seiner Frau eine Rolle spielt und dessen Aufrichtigkeit zuletzt offenbar wurde.« – Als Mâhi-Scheker dies hörte, fragte sie: »Was ist das für eine Geschichte?« – Der Papagei antwortete: »Das ist eine sehr anmutige Geschichte, die ich dir wohl erzählen möchte, wenn nicht das letzte Drittel der Nacht schon angebrochen wäre. Nun ist es schon zu spät, um zu dem schönen Jüngling zu gehen: Ich bedaure, dir so lange den Schlaf entzogen zu haben. Geh jetzt, leg dich zur Ruhe! So Gott will, erzähle ich dir morgen Abend meine Geschichte, und nachher gehst du dann zu deinem Geliebten, dem Ziel deiner Wünsche. In der vorigen Nacht ist nämlich – so ununterbrochen dachte ich über deine Angelegenheiten nach – bis zum Morgen kein Schlaf auf meine Augen gekommen, und jetzt habe ich so lange gesprochen, dass ich bis zum Umfallen matt bin.«

Mâhi-Scheker zog sich darauf zu Schlaf und Ruhe in ihr Gemach zurück und legte sich, so aufgeregt sie auch war, nieder.

Am folgenden Tage hatte sie sich schon vor Anbruch des Abends geputzt und geschmückt, und kaum war es dunkel geworden, als sie zu dem Käfig des Papageien trat und ihn an die Geschichte von dem indischen Kaufmanne erinnerte. – »Lass hören«, sprach sie, »was ist das für eine Geschichte?« – Der Papagei hub an:

Vom Kaufmann und dem Papagei

Vor alten Zeiten lebte in Indien ein Kaufmann, der einen klugen Papagei, ein Erbstück von seinem Vater, besaß. Er hatte ihn als Wächter in seinem Haus angestellt und ließ sich, nachdem er den ganzen Tag mit seinem Handel beschäftigt gewesen war, jeden Abend, wenn er nach Hause kam, von ihm erzählen, was seine Frau gemacht habe, wer im Hause aus und ein gegangen und dergleichen mehr. – Der Papagei gab darüber stets die genaueste Auskunft. So verflossen Monate und Jahre, bis das Schicksal es so fügte, dass der Kaufmann einmal nach Khorasan reisen musste. Vor der Abreise trat er zu dem Käfig des Vogels und übergab ihm das ganze Haus, indem er sprach: »Achte wohl auf alles, was sich ereignet, und wenn ich zurückkomme, unterrichte mich davon.« – Dann empfahl er seiner Frau, es dem Papagei an Wasser und Nahrung nicht fehlen zu lassen und ihn immer hochzuhalten, nahm Abschied und trat seine Handelsreise an.

Als nun einige Zeit verflossen war, verliebte sich die Frau in einen Jüngling und ging so weit, denselben eines Abends, da sich im Hause kein unwillkommener Zeuge vorfand, zu sich einzuladen und die Nacht in Freude und Lust und unterhaltenden Gesprächen mit ihm hinzubringen.

Außer dem Papagei war niemand im Hause, der dies alles gesehen hätte.

Nach längerer Zeit kam der Kaufmann zurück, begrüßte zunächst seine Frau, untersuchte dann das Haus, das er in bester Ordnung fand, und trat endlich unter den Käfig des Papageien, den er fragte, ob sich sonst etwas im Hause zugetragen. Dieser erzählte ihm von allem, außer dem sündigen Verhältnis seiner Frau zu dem Jüngling. Der Kaufmann aber hatte aus scherzhaften und witzigen Anspielungen einiger zuverlässiger und treuer Freunde Wind von der Sache bekommen und beschloss, von Eifersucht entbrannt, seine Frau umzubringen. Allerdings suchte er seine Wut unter der Maske äußerer Freundlichkeit zu verbergen. So heiter er aber seiner Frau zulächelte, so schöpfte sie doch aus seinem Benehmen Verdacht, dass ihm ihr Treubruch bekannt sei. »Außer dem Papageien«, sprach sie, »wusste doch niemand im Hause von der Sache, ohne Zweifel hat der Vogel geplaudert!« – So fasste sie einen

Hass gegen das arme Tier und nahm die erste Gelegenheit wahr, bei Nacht aufzustehen, den Käfig zu öffnen, den Vogel herauszunehmen, ihm Schwanz- und Schwungfedern auszureißen und ihn dann zum Fenster hinauszuwerfen. Als dies geschehen, hub sie zu schreien und zu jammern an: »Die Katze hat den Papagei gefressen.« Sie rief so laut, dass der Kaufmann davon aufwachte und sie fragte, was sie jammere. Sie wiederholte ihm, dass die Katze den Papagei gefressen habe, was den guten Mann in Gedanken an die Dienste, die der Papagei ihm als vieljähriger Wächter seines Hauses und aufrichtiger Freund geleistet, so sehr betrübte, dass er in Tränen ausbrach.

Der Papagei aber, der ohne Verschulden dem Verderben preisgegeben war, hatte kaum bei seinem Falle aus dem Fenster den Boden erreicht, als er schon bei sich überlegte, dass, wenn er einer Katze in die Krallen fiele, sein Ende gewiss sei. Aus Furcht kroch er deshalb nach einem großen Götzentempel, der sich in der Nähe des Hauses befand, und setzte sich in einen Winkel desselben. Dort nährte er sich von dem, was die Priester von ihren Mahlzeiten übrig ließen, und von Brosamen, und hielt sich verborgen.

Nachdem darüber einige Tage verstrichen waren, ging dem Kaufmann die Geduld aus, sodass er seine Frau aus dem Hause jagte. Er stand aber in solchem Ansehen, dass aus Furcht vor ihm niemand das Weib bei sich aufzunehmen wagte, und ihr Geliebter, der schöne Jüngling, war so weit davon entfernt, sie zu heiraten, dass er nicht einmal aus seinem Hause zu ihr hinauskommen

wollte. Kurz, das Weib geriet in die äußerste Not, und
da der vorerwähnte Tempel zugleich für Obdachlose
und Fremde eine Stätte war, so begab sie sich dahin und
betete Tag und Nacht zu dem Götzen. Der Papagei be-
obachtete sie immer in diesem Tun. Als sie nun eines
Abends nach gewohnter Weise kam, betete, ihr Elend
klagte und bitterlich weinte, schlich sich der kluge Papagei, da eben der Tempel von aller Welt verlassen war,
in ihre Nähe und sprach mit lauter Stimme: »Edles
Weib, ich habe dein Gebet erhört und dich meiner
Barmherzigkeit gewürdigt; ich habe in dem Herzen deines Gatten neue Liebe und Zuneigung zu dir erweckt
und habe ihm Reue wegen seiner Tat eingeflößt; doch
will ich, dass du meinen Befehl erfüllest und mir gehorsam seiest, indem du dir Haar, Brauen und Wimpern
abscherst; also sollst du deines Wunsches teilhaftig werden.« – Hierauf schwieg er, das Weib nahm aber sofort
ein Schermesser zur Hand und wollte sich eben Haar,
Brauen und Wimpern abscheren, als der Papagei hinter
dem Götzen hervorkam und sich ihr mit den Worten
zeigte: »O du Törichte, mit so geringem Verstande hast
du Freund und Feind unterscheiden zu können gemeint?
Siehst du, indem du deinen wohlgesinnten Freund zu
solchem Elend verdammtest, hast du ein so großes Unglück auf dein eigenes Haupt gebracht! Und doch, bei
dem erhabenen Gotte, dem Kenner des Verborgenen!
Von dem bewussten Geheimnis habe ich nicht das mindeste ausgeplaudert und habe dem Kaufmann lediglich
Gutes von dir erzählt. Hättest du es aber nicht für gut
gefunden, mir Schaden zuzufügen, so würde ich dir ha-

PRESS + BOOKS
Königswall 15
44137 DORTMUND
http://pressbooks.buchhandlung.de

Bahnhofs-Handels-Vertriebs GmbH
Ust-IdNr. DE146149646

	EUR
Das Papageienbuch -	4,95 B

TOTAL [1]	EUR	4,95
Euro	EUR	5,00
Rückgeld	EUR	-0,05
Nettobetrag	EUR	4,63
B=MwSt 7%	=	0,32

Schublade: 21

Datum	Zeit	VST	Pos	Bon
19.08.18	15:03	DEVR00258	001	9173

Vielen Dank für Ihren Einkauf.
Prepaid-, Guthaben- und Geschenkkarten
sind vom Umtausch ausgeschlossen.

ben nützen können, denn der Kaufmann würde mich noch einmal um das bewusste Geheimnis befragt und ich würde ihn durch allerlei List beruhigt haben. Dann wäre dir weder seinerseits ein solches Unglück widerfahren, noch hättest du deinen Liebhaber verloren. Aber ich will nicht auf dein vergangenes Tun sehen und auch nicht vergessen, welche Verpflichtungen deine Wohltaten mir auferlegen; es war das eben ein Unglück, das seit der anfangslosen Ewigkeit in mein Schicksalsbuch geschrieben worden ist und somit auf mein Haupt kommen musste. Du bist also unschuldig. Ich sehe nämlich, dass du über alle Maßen töricht bist, denn wenn du auch nur ein Fünkchen Verstand besäßest, so würdest du doch diesen Götzen nicht angebetet, von ihm Hilfe erwartet und den von mir gesprochenen Worten, in der Meinung, der Götze habe sie gesagt, geglaubt haben. Kann denn Stein oder Holz reden? Ja, als Wunder für die Propheten hat Gott Steine wohl reden lassen, doch das ist etwas anderes. So komm denn, verlass die nichtige Religion und tritt zum wahren Glauben über, bereue deine böse Tat und bitte Gott um Verzeihung. Dann will ich hingehen und machen, dass dem Kaufmann seine Härte gegen dich leid werde und er dir seine Liebe wiederschenke.«

Die Frau war mit dem Vorschlage zufrieden und wurde sofort der Herrlichkeit des Islams teilhaftig. Der Papagei begab sich darauf in das Haus des Kaufmanns, der ihn nicht sobald erblickte, als er aufsprang, ihn mit dem äußersten Entzücken fasste, küsste und drückte und sich angelegentlich nach seinem Befinden erkundigte. »Ich war gestorben«, antwortete der Papagei,

»aber Gott ist so gnädig gewesen, mich zu neuem Leben auferstehen zu lassen.« – »Was?«, fragte der Kaufmann, »kann denn ein Verstorbener wieder leben?« – »Hast du«, entgegnete der Papagei, »die Geschichte Abrahams (über den Heil sei!) nicht gehört?« – »Nein«, sagte der Kaufmann. Da hub der Papagei an:

Legende von Abraham

Man erzählt, dass es dem Abraham einmal in seinem segenvollen Gemüt einfiel zu fragen: »Wie können denn die Teile des Körpers, nachdem sie sich voneinander getrennt, und die Gliedmaßen, nachdem sie hin und her zerstreut worden, wieder zusammenkommen? O Gott, zeige mir's, damit mein Herz Ruhe habe!« Alsbald erscholl von dem Gebieter der Welten, dem Allherrlichen, lieblicher Zuspruch, indem es hieß: »O Abraham, nimm vier Vögel, schneide ihnen die Köpfe ab, zertrenne sie, wirf ihre Gliedmaßen zusammen und streue sie dann lose umher; nachher mache aus den lose umherliegenden Körperteilen vier Haufen, diese trage auf vier verschiedene Bergspitzen und behalte die Köpfe bei dir, dann sollst du ein Wunder sehen.« Abraham tat, wie ihm geboten worden war, und siehe, vier Vögel ohne Köpfe kamen zu ihm, indem die zerstreuten Glieder sich wieder vereinigt und neues Leben erhalten hatten, wie dies im Koran deutlich erzählt wird.

»Gott nämlich, der Allgewaltige, vermag jedweden Toten ins Leben zurückzurufen; die Auferweckung hängt nur von seinem Willen ab, und aus seiner über-schwänglichen Gnadenfülle hat er auch mir neues Le-ben geschenkt.«

Da sprach der indische Kaufmann: »Was ist das für ein großer Gott, der die Toten auferweckt! Ich möchte wissen, ob er noch größer ist als unsere Götter!« – »Um Himmels willen, mein Gebieter«, erwiderte der Papa-gei, »eure Götzen sind ja nur aus Steinen und Holz zu-sammengefügt, seelenlose Wesen, deren Schöpfer der allmächtige Gott ist!« – »Ich bitte dich, lieber Papagei«, rief darauf der Kaufmann, »zu dem Gott lass mich hin-gelangen!« – Der Vogel lehrte nun seinen Herrn die Worte des Bekenntnisses, und so ward der Kaufmann ein Muselman. Alsdann sprach er zu dem Papagei: »Ich habe mich überzeugt, dass der allmächtige und erha-bene Gott Tote aufzuerwecken vermag; aber sag mir doch, aus welchem Grunde hat er dich auferweckt!« – »O Herr«, antwortete der Papagei, »nachdem mich das Unglück betroffen und ich den Geist aufgegeben hatte, wurde deine Gattin bei dir verleumdet, und die Feinde überzeugten dich so sehr von der Wahrheit ihrer Aus-sagen, dass du sie im Zorn mit Schimpf und Schande fortjagtest. Die Unglückliche begab sich nun in den Tempel, um zu beten, und da sie fromm und unschul-dig war, so ließ der Allerbarmer sie den richtigen Weg finden – sie ward Mohammedanerin; die herrliche Re-ligion des Islam gab ihr die Heiterkeit zurück und trös-tete und stärkte ihr zerfleischtes Herz. Alsdann flehte sie zu dem Herrn: ›O mein Gott! Du bist der Kenner des Geheimen und Verborgenen, dir ist auch meine

Lage bekannt. Mein Gatte hat mich, auf die Worte von Feinden vertrauend, in dies Elend gebracht, und auch der Papagei ist tot, der für meine Reinheit Zeugnis abgelegt und meinen Mann veranlasst haben würde, mich wiederzunehmen. O Gott, ich flehe, dass du aus deiner unendlichen Barmherzigkeit dem Papagei das Leben verleihest!‹ So sprach sie; und in der Tat hat Gott um ihrer Treue willen mir neues Leben geschenkt. So bezeuge ich denn die Reinheit jener unschuldig Beleidigten, deren reines Gewand kein Fremder zu Gesicht bekommen hat. Durch den Segen ihres Gebets bin ich von den Toten auferstanden, und du bist mit dem Islam beglückt worden; so halte denn deine Frau für rein, denn du hast hier die vollgültigsten, unwidersprechlichsten Beweise für ihre Heiligkeit.« Der Kaufmann glaubte diesen Worten, sodass er geradewegs in den Tempel ging, die Hände und das Gesicht seiner Frau küsste, sie um ihre heilbringende Fürbitte ersuchte und sie dringend bat, ihm sein Vergehen verzeihen zu wollen. Da lobte und pries die Frau des Papageien Weisheit, Klugheit und Treue und bereute herzlich, vorher eine böse Meinung von ihm gehabt zu haben.

»Diese Geschichte habe ich dir deshalb erzählt, o Mâhi-Scheker, damit du daraus auf meine eigene Aufrichtigkeit schließest und wissest, dass ich dein getreuer, um die Erfüllung deiner Wünsche eifrig bemühter Knecht bin. Sollte zum Beispiel Sâïd nach seiner Rückkehr auch von der Sache hören oder Verdacht schöpfen, so würde ich ihn durch allerlei listige Schwänke täuschen und von seiner Meinung abbringen. So gehe denn jetzt, sei vergnügt und lustig bei deinem Geliebten, und lass die Jugend und Liebeszeit nicht ungenützt verstreichen.«

Der Papagei hatte diese Geschichte mit so vieler Anmut und Lieblichkeit und zugleich so langsam vorgetragen, dass ohne Mâhi-Schekers Vermerken schon der größte Teil der Nacht verflossen war. Als sie sich nun von ihm verabschiedet hatte und sich aufmachte, um zu ihrem Geliebten zu eilen, sah sie plötzlich, dass der wirkliche Morgen bereits den Vorhang der Nacht zerrissen hatte, und dass des Tages leuchtendes Angesicht schon die Welt erhellte. Ihr eigentlicher Wunsch blieb demnach auch diese Nacht unerfüllt, und so ging sie in ihr Gemach. Dort aber sprach sie bei sich selbst: »Allerdings gibt der Papagei meinem Liebesbegehren nach und ist einverstanden, dass ich meinen Freund besuche; aber sagte er nicht, wenn die Sache bekannt werde, so wolle er Sâïd mit Lügen täuschen? – Darf ich nun glauben, dass jemand, der dann zu Lügen greift, jetzt mir nichts vorlüge?« – Diese Gedanken beschäftigten sie bis zum Abend, wo sie alsbald zum Käfig des Papageien trat.

FÜNFTER ABEND

Als der Vogel sie erblickte, rief er aus: »Du Sonne – des Erdballs Wonne! – Ist jetzt wohl Zeit zur Zögerung? Was stehst du? Geh rasch zu deinem Geliebten, dem alle Geduld, alle Ruhe ausgegangen ist, und sei froh und lustig mit ihm! Und sollte es dir im Sinne liegen, weshalb ich gelogen oder wie ich mich zum Lügen habe entschließen können, während doch ein Lügner überall verachtet ist, so muss ich dich daran erinnern, dass die Theologen (Gott wolle ihnen gnädig sein) bei gewissen Anlässen die Lüge gestattet haben, und zwar erstlich, wo es sich um die andere Welt handelt (jedoch so, dass die Erklärung nicht verweigert werde), und zweitens, wenn man damit unter zwei Rechtgläubigen Frieden zu stiften beabsichtigt. In solchen Fällen ist also die Lüge erlaubt. Nur bitte ich dich noch, meine Wohltäterin, dass du niemanden außer deinem Knecht zum Vertrauten deines Geheimnisses machest und dass du gleich diese Nacht deinen Geliebten beglückest. Denn wo zwei Liebende in Freude beisammen sind, ein jeder entzückt von der Schönheit des andern, da ist die höchste Seligkeit mit ihnen. Hüte dich aber – und das ist eine Hauptregel –, beim Zusammensein mit deinem Geliebten viel zu sprechen und ihm damit lästig zu werden, sondern rede wenig und zwar so, wie es deinem Teuern wohlgefällt, nach dem Sprichwort: ›Die beste Rede fürwahr – ist, die kurz ist und klar.‹ – Wer diese Regel befolgt, der wird sicher in den Augen seines Geliebten ebensoviel Wohlgefallen finden, als Merdi-Djânbâz in den Augen des Königs von Khorasan fand.«

Als Mâhi-Scheker diese Worte hörte, fragte sie: »O Papagei, was ist das für eine Geschichte von dem König von Khorasan und Merdi-Djânbâz, und wie erwarb sich Djânbâz das Wohlgefallen des Königs? Lass mich hören!« Und der Papagei hub an:

Geschichte des Merdi-Djânbâz

Wie in alten Chroniken geschrieben steht, saß einst in seinem Palaste der König von Khorasan, und es standen vor seinem Throne – die Stützen des Reichs, die Diener der Krone – vornehm und gemein – groß und klein – und nahmen ihre Stellen ein – je nach des Ranges Stufen – zu dem sie waren berufen. – Wohlredende Hofleute erzählten wunderbare Begebenheiten aus den Geschichtsbüchern der Vergangenheit, und der König machte sich die darin enthaltenen Lehren wohl zunutze. Es heißt in einem bekannten Spruch:

> Fass die Geschichte ein in Edelstein,
> Nutzanwendung ist ja ihr Zweck allein.

Hiernach richtete sich der König von Khorasan, indem er aus den ihm vorgetragenen Geschichten viele auf die geordnete Verwaltung seines Reichs bezügliche Lehren zog.

Plötzlich sah man, wie dem Palast gegenüber von der Steppe ein dürftiges Männlein auftauchte, mager und hager, saftlos und kraftlos, schmächtig und ohnmächtig, wie es im Liede heißt:

Aus Elend war sein Leib ein Schaumgebilde
  worden,
Was sag ich Schaumgebild? Ein Traumgebilde
  worden,

sodass ihm in seiner Hilflosigkeit die Kraft zur Bewegung fehlte und er in einer Stunde kaum einen Schritt vorwärts machen konnte. Sachte, sachte kroch er heran, bis er sich vor dem Könige befand, welchem er, nachdem er sein Antlitz auf den Fußboden gelegt, eine Bittschrift darreichte. Man nahm diese und gab sie dem König in die Hand, der darin folgende Worte fand: ›Ich habe meinem Könige und Herrn mündlich etwas mitzuteilen; wenn der König es erlaubt und in das Gemach treten will, so bin ich bereit, es dort zu sagen.‹ Der König gestattete dies. Der dürftige Mann trat also mit ihm ein, küsste die Erde vor seinen Füßen, öffnete einen Mund, der gleichsam Edelsteine ausstreute, und sprach: »Mein Herrscher, ich war in dem Dienste eines deiner Wesire, des Statthalters von Chodjend, der mich schätzte und achtete. Da ich für ihn stets mein Haupt und Leben auf das Spiel setzte, so erhielt ich den Namen Djânbâz[*]. Um seinetwillen war ich stets bereit, mein Dasein aufzuopfern, und oft gelang es mir, indem ich mit scharfem Verstande das Richtige traf, ohne Geld und Truppenmacht Dinge auszuführen, die sonst für tausend Mann zu schwer gewesen sein würden. Mein Dienst, solange er dauerte, brachte dem Statthalter jährlich einen Vorteil von hunderttausend Goldstücken ein, und dafür ließ er mir ein Jahrgehalt von zehntausend Goldstücken auszahlen, die ich auf den Unterhalt meiner Familie verwandte. So lebte ich in den glücklichen Tagen deiner Herrschaft frohen Muts, betete für dich, meinen Herrn – und für den Emir von Chodjend, den hellen Stern – und diente ihm eifrig und gern – sodass er in seiner Würde Glückseligkeit – durch meines Dienstes Segen lange Zeit – heiter war und zufrieden – und in Macht und Herrlichkeit ihm zahllose Schätze wurden beschieden. – Gar manches Jahr saß er in der Fülle der Wünsche und Genüsse auf dem Thron der Erdenwonne, und ich lebte ruhig und sicher im Schatten seiner Großmut. Seit einiger Zeit aber hub er an, sich ganz dem Vergnügen hinzugeben – bei Tag und Nacht der Lust zu leben – und eitlen Genüssen – und täglich ein anderes Liebchen mit Feenantlitz zu küssen. – Darüber vernachlässigte er die Sorge um die Herrschaft und um die Angelegenheiten des Volks, sodass beides in Unordnung und Verwirrung geriet. Allmählich kam er so weit, dass er mir nicht mehr ins

[*] Der mit seinem Leben spielt.

Angesicht zu blicken wagte, und mein Gehalt blieb ungezahlt. Des letztern hätte es nun freilich nicht bedurft, denn da ich seine Huld und Gnade in hohem Maße genossen, so blieb ich, selbst hungrig und nackend, gern in seinem Dienst; bald aber geriet das Volk des Landes in das größte Elend, und da er sich nun nicht einmal mehr nach dem Ergehen seiner Diener erkundigte und ganz nach dem Spruche lebte:

Gut ist es, dass ich dich nicht sehe,
Denn seh ich dich, so tut mir's wehe –

da fühlte ich die Notwendigkeit, mit Weib und Kind das Land zu verlassen. Denn es heißt:

Glaubet nicht, dass uns die Ferne
Ruh nicht bringen mög und Rast;
Was man liebt, man misst's nicht gerne,
Doch man sieht auch in der Ferne
Nicht die Feinde, die man hasst.

So ist denn jetzt, o König, dein glückseliger Palast meiner Wünsche Ziel geworden; mit meiner Stirn den Staub deiner Schwelle berührend, bin ich zu dir gekommen und harre mit Weib und Kind deiner königlichen Gnade. Einen um Hilfe Flehenden unverrichteter Sache abzuweisen, passt sich für einen Herrscher nicht, und besonders für dich nicht, der Herrlichkeit Hort, der du an Freigebigkeit unter allen Regenten ausgezeichnet bist und an Gerechtigkeit unter deinen Vätern und Vorfahren erhöhten Hauptes dastehst. So glaube ich denn, dass du meine Hoffnung nicht zu Schanden werden und mir mit einem Amte ein für mein Haus genügendes Gehalt zukommen lassen wirst. Diesem Amt aber dürfte kein anderer vorzustehen fähig sein.«

Über diese mutige Rede des Merdi-Djânbâz verwunderte sich der König, und auf seinen schwächlichen Körper blickend, lachte er übermäßig, indem er sprach: »Du dürres Männlein, mit diesem elenden Leibe denkst du schwierige Dinge auszuführen? Nicht einmal zum Essen scheinst du Kraft zu haben! Deine Worte sind freilich spitz wie Pfeile, aber zum Bogen ist dein Wuchs aus Schwäche geworden, und dein Körper gleicht einer leblosen Gliederpuppe. Welchen Dienst sollen wir dir demnach übertragen, dem zu genügen du imstande wärest? Ein für dich passendes Amt habe ich nicht; indessen soll dir meine königliche Mildtätigkeit nicht fehlen; meine Schatzkammer ist ja der Trost und Unterhalt der Armen und Dürftigen. Darum sei nicht traurig, ich will dir daraus eine Summe zuweisen!« – »O König«, erwiderte Merdi-Djânbâz, »Gott gebe deinem Leben lange Dauer – deinen Neidern und Feinden aber gebe sein Zorn Hohn und Trauer! – Aber sage mir, warum hältst du dich an der äußern Form und bekümmerst dich nicht um das Innere, den echten Edelstein? Wohl scheint mancher Mann äußerlich mächtig und stark, und doch ist er zu keinem Geschäft fähig. O nein, der Perle im Herzen bedarf es. Gottlob ist aber mein Busen eine Fundgrube von Weisheitsdemanten, und mein treues Herz hat an Wissen und Gotterkenntnis nicht seinesgleichen. Nur mein Äußeres ist wüst und verstört; mein Inneres ist durch die reiche Fülle meiner Gelehrsamkeit ein unerschöpflicher Schatz. Darum sieh meiner Brust trauernde Zier nicht mit falschem Auge an; es möchte, wenn nachher das Gegenteil offenbar wird – wovor uns Gott behüte – Beschämung die Folge sein. Es ist eine der ersten Herrscherpflichten, nicht auf bloß äußerliche Kraft und Gewalt, sondern auf die Treue und Aufrichtigkeit der Diener zu sehen. Tapfere und starke Leute sind ja für Geld immer zu bekommen, und da die Kraft zu den äußerlichen Eigenschaften des Menschen gehört, so offenbart sie sich auch gleich durch das Aussehen. Einen treuen und wahrhaften Diener zu finden, ist aber sehr schwer, denn dies sind innere Eigenschaften, die mit der äußeren Erscheinung gar nichts zu schaffen haben. Wenn auf dieser Welt ein Herrscher sich einen in seinen Reden aufrichtigen Freund zu verschaffen gewusst hat, so wird ihm ohne Widerrede alles Schwierige leicht. Die ihrem Wohltäter in Treue dienen, das sind Leute, welche die innigste Gottesfurcht beseelt. Denn die Treue hat ihre Quelle in der Erkenntnis und Gelehrsamkeit, wie der Allherrliche im Koran gesagt hat: ›Es fürchten Gott unter den Menschen nur die Gelehrten.‹* Nein, o Kaiser – du gewaltiger, hochweiser – Gott sei gepriesen – auf mich wird mit Fingern gewiesen – wegen meiner Treue allerorten – und zum Ruhm meiner Gelehrsamkeit fehlt es der Sprache an Worten. – Doch hältst du, was ich dir sage, für Lug und Trug, so ist ja eine Probe zur Verge-

* Im Koran Sur. 35, 25.

wisserung leicht anzustellen; zu diesem Behufe trage mir irgendein Geschäft auf, und wenn ich demselben nicht vollständig gewachsen bin und nicht noch außerdem meine Wahrhaftigkeit sich dabei offenbart, so verbanne mich aus deiner großherrlichen Hofburg. Übrigens wie du befiehlst, o Herr!«

So sprach er und schloss seine Rede mit einem Segensspruch; der König aber sah seine unterdessen hinzugetretenen Wesire an und fragte sie: »Nun, was sagt ihr zu diesem Merdi-Djânbâz? Sind seine Worte wahr oder falsch? – Wenn ich ihm als Jahrgehalt ebensoviel gäbe als der Statthalter von Chodjend, das heißt zehntausend Goldstücke, so würde ich ihm doch nur dasselbe geben, was ihm mein Diener gab, und meine Freigebigkeit würde die des Emirs nicht übertreffen! Mehr zu geben, würde den Staatsschatz verschleudern heißen, weniger dagegen wäre eine große Erniedrigung, ja die törichtste Gemeinheit; Gemeinheit aber passt sich für meinesgleichen nicht, und wer immer an meinen Hof kommt, darf nicht mit getäuschten Hoffnungen wieder fortgehen.« Ein sehr verständiger Wesir, den der König hatte, antwortete ihm: »Lasst uns, o Herr, diesen Merdi-Djânbâz als Wächter deiner kaiserlichen Hofburg anstellen; er soll keine Nacht schlafen und unaufhörlich seinem Dienste obliegen. Dafür aber wirf ihm ein Jahrgehalt von zwanzigtausend Goldstücken aus. Bei seiner Schwäche wird er die Schlaflosigkeit keine drei Nächte lang aushalten; wie sollte er denn ein ganzes Jahr Wache halten und in den Genuss seiner zwanzigtausend Goldstücke gelangen können! Auf diese Weise geschieht deiner königlichen Gnade und Freigebigkeit kein Abbruch, und zugleich wird klar, ob Merdi-Djânbâz gelogen oder ob seine Worte wahr.« Der König fand den Vorschlag des Wesirs vortrefflich, und man trug dem Merdi-Djânbâz den besagten Dienst an, den er von ganzem Herzen und ganzer Seele annahm.

Merdi-Djânbâz war also jede Nacht der Befehle des Königs unter dem Kioschk, in welchem dieser schlief, gewärtig. Ein ganzes Jahr verstrich, ohne dass er sich in seinem Wächterdienst die mindeste Nachlässigkeit hätte zuschulden kommen lassen, sodass man nicht umhin konnte, ihm die zwanzigtausend Goldstücke auszuzahlen. In gleicher Weise versah er im folgenden Jahre sein Wachamt, und kurz, ihm verstrichen vier Jahre hintereinander im Dienst.

Nun traf es sich, dass im vierten Jahre in einer Nacht, wo die Lampe des Mondes hinter Wolkenvorhängen verborgen und die ganze Welt wie des Unwissenden Hirn dunkel war, der König, auf herrlichem Polster in aller Glückseligkeit des lieblichen Schlafes genießend, plötzlich einen des Gedeihlichen – und Erfreulichen Fülle verkündenden Traum sah, einen hochbeglückenden – durch den Wein der Wonne das Herz erquickenden – und gleich einem Schlüssel zur Seligkeit durch die Eröffnung von zahllosen Pforten entzückenden. – Dieser Traum regte ihn so freudig auf, dass er erwachte, aufstand und sich in seinem Schlafgewande niedersetzte. Das Herz voll von fröhlichen Hoffnungen aller Art, und zufrieden, als wäre ihm ein neues Leben geschenkt, sah er sich nun im Vollgenusse seines Glückes nach einem Mann um, dem er den Traum erzählen und der ihn ihm deuten könne. Da fiel ihm ein, dass Merdi-Djânbâz sich großer Weisheit und Gelehrsamkeit gerühmt hatte und dass er eben unter den Fenstern des Kioschkes Wache halte.

»In seinem Wächterdienst«, sagte der König bei sich, »hat er gezeigt, dass er seiner Obliegenheit nachzukommen weiß; jetzt wollen wir aber auch einmal seinen Scharfsinn in der Traumdeutung auf die Probe stellen.« – Er blickte dann vom Kioschk hinunter und rief: »Djânbâz!« – Als Merdi-Djânbâz des Königs Stimme vernahm, antwortete er sogleich: »Was befiehlt mein König? Möge Gott der Herr dich behüten vor Irren und Fehlen, und möge er meine Tage deinen Herrschertagen beizählen! O dürfte ich für dich mein Blut verspritzen – auf dass du in Lust und Wonne auf deinem Königsthron mögest sitzen! – Schon ist's das vierte Jahr – dass ich solch gnädigen Rufes gewärtig war – aber, gottlob! Gebracht – hat mir ihn diese Nacht. – Nun sage deinen Willen – ich will ihn treulich erfüllen.« – Auf diese Worte hub der König seinen Traum dem Merdi-Djânbâz zu erzählen an, welcher mit den Ohren des Verstandes zuhörte und dann sich sogleich an die Auslegung machte. Seine Deutung aber war so bezaubernd und hinreißend, dass der König an ihr noch mehr Wohlgefallen hatte als an dem Traum selbst.

Während er nun aufmerksam horchte, ließ sich von der Steppe her plötzlich ein schwacher Laut vernehmen. Sie hörten hin; es schien ihnen die Stimme einer Frau zu sein, welche rief: »Nun bin ich fort! Wer möchte nun Kopf und Leben opfern, um mich zurückzuverlangen? Wer vermöchte mich heimzubringen?« – Diese Worte wiederholten sich viele Male. Der König brannte vor Neugier, was das für eine seltsame Stimme wäre, und dachte hin und her, während der Laut sich immer mehr entfernte. Endlich fragte der König den Merdi-Djânbâz, ob er nicht wisse, was das für ein Ton sei. »In diesem Augenblick«, sagte Merdi-Djânbâz, »weiß ich es nicht zu sagen; aber wenn du befiehlst, so werde ich mich sogleich hinbegeben und, was ich erfahre, dir der Wahrheit gemäß mitteilen.«

Der König erklärte sich damit einverstanden, und Merdi-Djânbâz öffnete wie ein hochfliegender Raubvogel seine Schwingen und eilte nach der Gegend, aus der der Laut erklungen war. Da nun der König sich allein sah, sprach er bei sich selbst: »Es ist doch eine heilige Herrscherpflicht, sich lieber als um fremde Angelegenheiten um das Ergehen der eignen Diener zu bekümmern. Aus ihren Reden und Taten, aus ihrer Bewegung und ihrer Ruhe lässt sich ja erkennen, ob man mit wahrhaften Leuten oder mit Lügnern zu tun hat, und demgemäß muss man sich benehmen. Als Merdi-Djânbâz zu uns kam, behauptete er, drei gute Eigenschaften zu haben: erstlich Diensteifer, zweitens Gelehrsamkeit und drittens Wahrhaftigkeit und Zuverlässigkeit. Seinen Diensteifer hat er in seinem Wächteramt bewiesen, auch ist seine Gelehrsamkeit durch die Art und Weise, wie er den Traum auslegte, klar geworden; jetzt muss in dem zu leistenden Dienste nur auch noch seine Wahrhaftigkeit und Zuverlässigkeit sich zeigen.« Mit diesen Gedanken ging er allein seinem Diener nach.

Merdi-Djânbâz, der keine Ahnung davon hatte, dass der König ihm folge, war indessen eine Strecke weit in der Steppe vorwärts gegangen, als er ein unvergleichliches – an Schönheit unerreichliches – Weib vor sich erblickte – das durch ihr holdes Antlitz wie der Mond entzückte – von schlanker Gestalt – bezaubernd jedes Auge alsbald – durch ihrer Reize Gewalt – mit Locken glänzenden, fliegenden – jedes Beschauers Herz besiegenden – ein Weib, das strahlte ganz – von Schönheitsglanz – deren Brauen ein gespannter Bogen – von dem tödliche Pfeile flogen. – Dies reizende Geschöpf also erblickend, rief er aus: »Du holdes Idol, du Wonne spendendes – Herzen entwendendes – du, die du lieblich bist wie des Baumes Tuba* Schatten – ja, der nichts gleichkommt auf des Paradieses Matten – was tut denn ein Wesen – so auserlesen – wie du, bei Nacht in dieser Öde? – Steh Rede – sag an, woher du kommst und wohin du gehst – und weshalb du um Hilfe flehst – sag deiner Trauer Grund – und dein Geheimnis – ohn' Säumnis – tu mir's kund!« – Da wandte sich das zierliche Weiblein zu ihm und sprach: »O Merdi-Djânbâz, wisse, dass ich des Königs von Khorasan Leben bin, das schnell verfliegende – rasch versiegende. – Die Frist seines Daseins ist jetzt verflossen – die Liste seiner Tage geschlossen – und das Maß seines Geschickes voll ge-

* Der Baum des Paradieses.

gossen – so muss ich denn wandern – und nach einem andern – mich umschauen – um ihm seine Herrschaft anzuvertrauen.« Als Merdi-Djânbâz dies schmerzliche Wort vernahm, verlor er die Zügel des Selbstbewusstseins und fiel ohnmächtig zu Boden nieder. Doch kam er schnell wieder zu sich und sprach schluchzend zu der lieblichen Lebensfee: »Du Mondangesicht, erhabene Herrin, gibt es kein Mittel, dies herbe Leid abzuwenden? Kann ich nichts tun, damit mein Wohltäter noch nicht zum ewigen Leben hinübergehe? Kann ich nicht statt seiner sterben und mich für ihn opfern?« – Die Lebensfee antwortete: »Wohl gibt es gegen dieses Leiden ein Rezept aus der Weisheit Heilungsanstalt; nur bedarf der, welcher das Elixier bereitet, eines alten bewährten Freundes, der sein eigenes Leben daransetzt. Um des Königs Leben zu retten, wird sich aber niemand dem Untergange weihen wollen; so weit seinen Verpflichtungen nachzukommen, vermag kein Sterblicher!« – »Nicht doch«, rief Merdi-Djânbâz, »du irrst, o Herrin! Sage das Mittel, ich bereite es; alles, was ich habe, gebe ich für den König hin!« – »Nun«, antwortete die Fee, »willst du, dass der König fortlebe, so stirb du für ihn nebst deiner Frau und deinen Kindern.« – »Ach«, entgegnete Merdi-Djânbâz, »ich selbst sterbe gern für ihn; aber ist es denn so notwendig, dass auch meine Frau und meine Kinder umkommen? Die sind nämlich unverständig und haben wohl nicht den Mut, sich aufzuopfern.« – »Nein«, sagte die Fee, »ohne den Opfertod aller wird der Zweck nicht erreicht.« – »Aber«, fragte darauf Merdi-Djânbâz, »woran soll ich, wenn ich nun mein Leben hingebe, erkennen, dass der König lange leben wird?« – Die Fee antwortete: »Merdi-Djânbâz, wisse, dass der Tod über den König bedingungsweise verhängt ist; der Erhabene, Allherrliche hat die längere oder kürzere Dauer seines Lebens an den erwähnten Umstand geknüpft, wie Ähnliches sehr häufig stattfindet; gewissermaßen deutet ja auch der berühmte Ausspruch unsers Propheten daraufhin, welcher lautet: ›Die Mildtätigkeit wehrt das Unglück ab und verlängert das Leben.‹ Darum lass von eitlem Gelüst! Bist du in der Tat ein getreuer Diener des Königs, so begib dich mit deinem ganzen Hause des Lebens und der Erdenwelt; dann wird dein Name bis zum Auferstehungstage gepriesen werden.« – Mit diesen Worten verschwand sie.

Merdi-Djânbâz zögerte nun nicht, sondern ging geradewegs nach seiner Wohnung und erzählte genau seiner Frau und seinen Kindern alles, was sich zugetragen. Seine Familie bestand aber außer seiner Frau aus einem Sohn und einer Tochter; diese alle drei riefen sogleich einstimmig: »Und hätten wir tausend Leben, tausend Köpfe, wir gäben sie gern hin, um nur ein Haar des Königs zu retten! Mag nur der König neues Leben gewinnen! Würden durch unsere Selbstaufopferung seine Tage gemehrt, so wäre das unsere höchste Glückseligkeit; dann würde bis zum Jüngsten Gericht unser Name und unsere Treue in unserm Geschlecht und unserer Sippschaft nicht untergehen! Einmal steht es ja jedem sicher bevor, den bittern Kelch zu trinken – die beste Todesart ist, für seinen Wohltäter zu sterben; ist es nicht das Schönste, also rühmlich dahinzugehen, wenn wir einmal sterben müssen?« – So lechzten alle nach dem Todestrunk, ja sie wetteiferten, wer zuerst hingeschlachtet werden solle.

Merdi-Djânbâz entblößte nunmehr seinen stählernen Dolch und beschloss, zunächst seine Frau und Kinder umzubringen und sodann an sich selbst Hand anzulegen. Mit dem Sprössling seiner Hüfte, seinem zärtlich geliebten Sohne, dachte er den Anfang zu machen; er hieß ihn also mitten im Zimmer niedersitzen und wollte eben seinen Kopf vom Rumpfe trennen, als von der Steppe her ein Ruf erscholl: »Halt ein, o Djânbâz, dein guter Wille wird als Tat angenommen – und die Gnade Gottes ist auf dich gekommen! – Heil sei dir – und Lob deiner Treue für und für! – Für deine Gerechtigkeit und deinen Edelmut und deine segenvolle Wahrhaftigkeit hat dir der Allmächtige nicht allein dein und deiner Angehörigen Leben geschenkt, sondern auch deinem König neues Erdendasein, neue Herrschaft und neue Glückseligkeit verliehen!«

Bei diesem Rufe sank Merdi-Djânbâz vor dem Throne des Allgütigen zum Boden nieder und drückte sein Weib und seine Kinder an seine Brust, worauf alle unter Tränen dem Herrn dankten und ihn priesen.

Der König von Khorasan, welcher allen diesen Begebnissen als Augenzeuge beigewohnt hatte, kehrte jetzt, während Merdi-Djânbâz seine Kinder noch umhalste und ihnen die Hände drückte, heimlich in seinen Palast zurück und setzte sich auf seinen Herrschersitz nieder. Merdi-Djânbâz brachte noch mit den Seinigen dem Allerhalter seine Dankgebete dar; dann folgte er dem Könige und legte seine Stirn vor ihm auf die Erde nieder. Der König stellte sich nun, als wisse er von nichts, und fragte den Merdi-Djânbâz, ob er über den seltsamen Laut, den sie vernommen, etwas in Erfahrung gebracht habe? – Merdi-Djânbâz aber überlegte bei sich selbst, dass, wenn er die Geschichte, wie sie sich zugetragen, dem Könige erzählte, man ihm wegen ihrer Unbegreiflichkeit vielleicht nicht glauben und ihn vielmehr für einen Lügner und Heuchler halten würde. »Besser«, dachte er daher, »ist es, ich halte diese Dinge geheim und wende meine Antwort anders.« – Dann sprach er: »O König, jenes Geschrei ging von einer schönen jungen Frau aus, die sich mit ihrem Gatten überworfen hatte und aus dem Hause weggelaufen war. Ich bin zu ihr gegangen und habe sie durch Bitten vermocht, zurückzukehren; dann habe ich sie nach Hause geleitet und sie mit ihrem Gatten ausgesöhnt. Ich komme geradenwegs daher, um dir meine Aufwartung zu machen.«

Der König ließ sich nun nichts von den Dingen, welche er mit eigenen Augen gesehen, merken, bis der Tag anbrach. Da aber berief er seinen Diwan, und als die Wesire, die Gottesgelehrten und die Großen des Reichs je nach Rang und Würde zusammengetreten waren, erzählte er vor der ganzen Versammlung die Begebenheit von Anfang bis zu Ende. Da lobten und priesen alle Merdi-Djânbâz' Treue und Anhänglichkeit. Der König aber ernannte ihn zum zweiten Wesir und beförderte ihn, nachdem er auch da die vorzüglichsten Dienste geleistet, zum Großwesir. In dieser Eigenschaft saß er, Gerechtigkeit übend, auf dem Polster der Macht bis an das Ende seiner Tage.

»Aus dieser Geschichte, o Mâhi-Scheker, sollst du entnehmen, dass dem Menschen für diese und für die zukünftige Welt Treue und Wahrhaftigkeit Not tut, so wie dem Merdi-Djânbâz um seiner Treue willen seine Wünsche gewährt wurden. Ich bin nun für dich ein Merdi-Djânbâz und möchte tausendmal mein Leben lassen, um dich mit deinem Geliebten zu vereinigen. So zögere denn nicht und gehe zu ihm; besuche deinen Freund, er harrt ja deiner!«

So sprach der Papagei. Mâhi-Scheker machte sich auf den Weg zu ihrem Geliebten und stolzierte wie der Pfau des Paradieses. Aber da sah sie, dass der Djânbâz* des Firmaments mit seinen roten Strahlen im Tagesanbruch schon auftauchte. Sie musste also ihren Wunsch wiederum auf den folgenden Abend verschieben.

Nun weicht, ihr armen Leute, weicht,
Und sei es euch gesagt,
Es hat der hohe Diwan
Auf morgen sich vertagt!**

* Das ist die Sonne. Djânbâz bedeutet nämlich auch einen Seiltänzer.

** Dies ist gleichsam die Anrede des Tschanch, der, um für die nach Haus eilenden Herren vom Diwan Platz zu machen, die vergeblich auf Erledigung ihrer Prozesse harrenden Parteien forttreibt.

Mâhi-Scheker legte sich also zur Ruhe und wartete voll Sehnsucht nach ihrem Geliebten mit Schmerzen auf den folgenden Abend.

SECHSTER ABEND

Sobald der Tag sich geneigt hatte, machte sich Mâhi-
Scheker mit tausend reizenden Tändeleien auf den Weg.
Als sie aber an dem Käfig vorüberging, da rief heraus –
aus seinem Kerkerhaus – der da im Geiste – mit Phö-
nixschwingen im Äther kreiste – und sprach: »Du
Zuckermond* der Wonne – du leuchtende Schönheitssonne! – Du vom Glück Erkorene – unter hohem Stern
Geborene! – Warum bist du noch nicht gegangen –
wohin dich treibt dein Verlangen? – Wozu länger harren? – Hätten nicht schon eure Leiber, die todesstar-
ren – neu beseelt sein sollen und entzückt – und eure
Seelen in trauter Heimlichkeit der Welt entrückt – und
ihr je durch den andern in holdem Vereine hochbe-
glückt? – O teile mir mit – was hemmt deinen Schritt? –
Hat dein Freund etwas gegen die Liebe verbrochen –
dass du ihm gleiches Maß der Gegenliebe hast
abgesprochen? – Oder willst du folgen der Spur – des
Mädchens von Nischabur – das von Zweifeln getrieben – auf Probe stellte ihren Lieben? – Freilich ist die
Sitte zu loben – seinen Geliebten zu erproben – doch
bei dem deinen ist das überflüssig. – Drum sei nicht

* Das ist die Bedeutung des Namens Mâhi-Scheker.

unschlüssig! – Mit dem Feuer der Trennung brenne ihn
ferner nicht – sondern lass dein schönes Angesicht –
seine Hütte erleuchten mit der Schönheit Licht!« – Da
sprach Mâhi-Scheker: »Du, der Rede Meister, was ist
das für eine Geschichte von dem Mädchen von Nischabur? Lass hören, ich möchte Nutzen daraus ziehen!«
Worauf der Papagei zu erzählen anhub:

Geschichte des Mädchens von Nischabur

Es lebte vor alter Zeit in der Stadt Nischabur eine reizende
Jungfrau, an Schönheit unerreichlich – nur den Huris
des Paradieses vergleichlich – deren Stirn, gleich der
Sonne, von Schönheit glühte – und Strahlen der Anmut
aussprühte. – Es war, als wenn sie es wäre, auf deren Reize
ein zarter Dichter folgende Verse gemacht hat:

> Es glänzt dein Angesicht so rot,
>   Sag, hast du Wein getrunken?
> Mich blendet deiner Wange Glut,
>   Ein heller Schönheitsfunken!

> Da in der Schönheit Hochschul' du
>   Den Liebreiz absolviert hast,
> So lass mich sehn, du holdes Kind,
>   Ob du auch profitiert hast!

Als einst dies zauberische Wesen tändelnd und scher-
zend lustwandelte, sah es ein Mann, dessen weiches

Herz in der ganzen Stadt Nischabur bekannt war – und der leicht von einem schönen Gesicht entbrannt war. – Er stand vor der lieblichen Rose, wie vor der Sonne das flimmernde Stäubchen; alsbald aber machte er ihr eine Liebeserklärung, indem er sprach: »Du meiner Seele Ruh und Lust – du einzige Erquickung der wunden Brust – o weil' ein wenig, weile – und lass von der Eile! – Kaum erblick ich dich hier – so erglüht das Herze mir – von Liebe zu dir – übe an mir Barmherzigkeit – und warte eine kleine Zeit – auf dass deiner Reize Vollkommenheit – mein Auge verkläre – und meinem Herzen in seiner Traurigkeit etwas Trost gewähre!« – Also flehte er dringend. Da das Mädchen aber sah, wie er sich in Klagen ergoss – brannte und zerfloss – da wurde ihr Herz weich, und er schien ihr des höchsten Liebesglücks wert. Indessen dachte sie bei sich selbst: »Ich will ihn doch einmal prüfen, ob auch stammt aus des Herzens Grunde – das Wort in seinem Munde. – Ist es also, o vortrefflich!« – Sie wandte sich also zu dem angeblichen Verehrer und sprach: »O du nach Schönheit Ächzender – nach der Liebe klarem Born Lechzender! Was hast du denn von meiner Liebe? Wenn du einmal lieben willst, so solltest du wenigstens ein an Schönheit wirklich ausgezeichnetes Wesen lieben.

> Deines Lebens Faden sollst du
> An ein zartes Röschen binden,
> Das stets neue Reize bietet,
> Dessengleichen nicht zu finden!

Nun bleibt eine kleine Weile hier stehen; ich habe eine Schwester, die kommt gleich hinter mir gegangen, dieselbe ist wirklich an Anmut und Schönheit unübertroffen. Willst du lieben, so liebe die, denn sie ist deiner Leidenschaft wert und verdient, dass man sich zum Staub ihrer Füße mache.«

Als der Verliebte diese Worte vernommen hatte, da konnte er sich nicht halten und begann bald rückwärts, bald vorwärts sich umzusehen. Das Mädchen bemerkte dies und schloss alsbald, dass seine Liebesversicherungen falsch und ohne Bestand seien und dass er, wie man zu sagen pflegt, sich in jeden Weiberrock – und jeden Haubenstock – verliebe, das heißt jedes schöne Frauenzimmer für sich begehre. Während er nun dastand, ging sie ihres Weges, und der falsche Anbeter blieb, um auf das verheißene Liebchen zu warten. Aber

> Weint, ihr Äuglein, nur, denn seht,
> Keiner kommt und keiner geht!

Endlich merkte er, dass das Mädchen ihn mit ihren Worten auf die Probe hatte stellen wollen, worauf er sich mit Ach und Weh in sein Kummerstübchen zurückzog.

»Hast du nun, o Mâhi-Scheker«, fuhr der Papagei fort, »auch die Absicht, deinen Liebhaber auf die Probe zu stellen, oder hast du keine Liebe in deiner Brust, dass du deinen Besuch so lange aufschiebst?« – Mâhi-Scheker antwortete: »Du weiser Vogel, du in der Beredsamkeit Hochgelehrter – und in allen Tugenden Bewährter! – Die Liebe in meinem Herzen ist überschwänglich groß, und ich dachte auch nicht daran, meinen Geliebten auf die Probe zu stellen. Aus deiner Geschichte aber habe ich großen Nutzen gezogen und denke, ob es nicht vielleicht gut wäre, dass ich ähnlich verführe?« – »Freilich«, antwortete der Papagei, »eine solche Erprobung ist verständig. Indessen musst du wissen, dass nicht alle Menschen gleichen Charakter haben. Einige sind in der Liebe zuverlässig, handeln, wie sie reden, und sind dem getreu, für den sie Zuneigung an den Tag legen; bei andern dagegen erscheint die Liebe anfangs wohl beständig, aber sie dauert denn doch nicht bis zu Ende und wird gar durch eine Kleinigkeit in Feindschaft verwandelt, gleichwie die zwölfjährige Freundschaft zwischen dem Goldschmied und dem Tischler sich durch weltliche Gier in Hass und Feindschaft umsetzte.« – »Was ist das für eine seltsame Geschichte?«, fragte darauf Mâhi-Scheker; und der Papagei erzählte:

Geschichte vom Goldschmied und dem Tischler

In einer der Städte des Landes Azerbeidjân lebten einst ein Goldschmied und ein Tischler, unter denen innige Freundschaft bestand. Nun begab es sich einmal, dass beider Gewerbe stockte und dass der Wind ihres Gewinstes Ährenschnitt verwehte. Da sie nun in die äußerste Dürftigkeit gerieten, kamen sie überein, sie wollten selbander auswandern; sie trafen also ihre Verabredungen und machten sich auf nach dem Lande Rûm. Nachdem sie die Grenze dieses Reichs überschritten hatten, gelangten sie an einen großen Tempel, bei welchem sie Halt machten. In demselben sahen sie verschiedene Götzenbilder, welche den Ungläubigen Gegenstände der Verehrung und Anbetung waren. Der Tischler, ein in seinem Gewerbe sehr geschickter Mann, machte sich nun gleich daran, hölzerne Figuren in der Gestalt jener Götzen auszuschnitzen; diese verkauften sie überall, wohin sie kamen, und erwarben sich damit ihr Reisegeld. Um dies Geschäft besser betreiben zu können und sich der Not zu erwehren, nahmen sie, obwohl sie im Herzen den wahren Glauben hegten, die Tracht der Heidenpriester an; ja, sie bemühten sich, es äußerlich den eifrigsten Götzendienern gleichzutun, und da sie mannigfach gelehrte Leute waren, so verstanden sie es, in den Städten, die sie durchzogen, den heidnischen Einwohnern zu predigen und sie zu ermahnen. Sie wurden deshalb überall geehrt und hochgeachtet. Sie übernachteten meistens in den Tempeln, und wenn sie daselbst goldene und silberne Götzen erblickten, so wässerte ihnen der Mund danach, und sie seufzten: »Ach könnten wir doch einen von diesen irgendwie stehlen! Welch herrliche Medizin wäre das gegen unserer Not herbes Leid – gegen unserer Armut Bitterkeit!«

So durchzogen sie das ganze Land, bis sie endlich in die Nähe von Konstantinopel kamen, wo sie sich wieder in einem Tempel niederließen, ganz nach der Weise der Ungläubigen ihr Gebet verrichteten, fasteten und dem Volke Predigten und Vermahnungen hielten. Bald erwarben sie sich bei vornehm und gering vollkommenes Zutrauen; alle Welt erbaute sich an ihrem Gebet und erquickte sich an den frommen Worten, die ihren Lippen entströmten. Sehr viele gesellten sich ihnen auch als Schüler zu und glaubten fest, dass ihre Lehre – die Seelen nähre und mehre – und dass der Hauch ihrer Worte – gleich dem wunderkräftigen Hauche des Messias auftue des Lebens Pforte.

Eines Tages gab der Kaiser von Rûm ein großartiges Fest, zu dem er das ganze Volk und die Priester einlud. Auch an die beiden Reisenden war eine besondere Einladung ergangen, welche sie indessen ablehnten. »Wir dürfen«, sagten sie, »unser Enthaltsamkeitsgelübde nicht durch Teilnahme an einem Bankett unterbrechen. Wir leben der Anbetung und geben uns irdischen Lüsten nicht hin. Wir dienen dem Allmächtigen früh und spät – und beten für des Kaisers Wohl in jedem Gebet.« – Die Priester beurlaubten sich nun mit einem Handkuss und eilten zu dem Gastmahl des Kaisers, sodass die beiden an jenem Tage in dem Tempel allein blieben.

Es befand sich aber in demselben ein großer Götze von probeechtem rotem Golde, auf den die beiden Bilderdiebe längst ihr Auge gerichtet hatten. Sobald nun der Abend kam und es dunkel wurde, hoben sie den Götzen von seinem Postament hinunter, trugen ihn aus dem Tempel hinaus und legten ihn in ein Loch, das sie an einer wohl geeigneten, menschenleeren Stelle ausgegraben hatten. Alsdann kehrten sie selbst zurück, stellten jedes Ding wieder an seinen

Platz und beschäftigten sich ferner mit ihren gottesdienstlichen Übungen.

Nachdem darüber einige Tage verflossen waren, kamen die Tempeldiener und vermissten den bewussten Götzen; sie suchten überall, aber das kostbare Stück war unsichtbar geworden, als hätte der Wind es weggeweht. Unter den Priestern entstand nun Lärm und Unruhe, indem ein jeder auf den andern Argwohn warf; nur von dem Goldschmied und dem Tischler versah sich niemand etwas Bösen, und niemandem kam auch nur der Gedanke, dass sie die Übeltäter sein könnten; – denn bei so vieler Frömmigkeit und Gottesfurcht schien es unmöglich, dass sie einen Betrug hätten spielen sollen. Und wer hätte sie für Diebe halten mögen? – Indessen erzählten ihnen doch die Priester und die Mönche eines Tages die traurige Begebenheit und klagten ihnen ihr Unglück. Bei dieser Nachricht entblößten die schlauen Männer ihre Häupter, rissen sich Bart und Haare aus, schlugen mit den Händen auf die Knie und weinten so heftig, dass den Tempelwärtern darüber das Herz brach. »Ach«, riefen sie endlich aus, »seit wir hierher gekommen sind, haben wir das vorausgesehen und klar erkannt, dass er euch verlassen werde. Ihr ließet es ja immer an der gebührenden Ehrerbietung fehlen; ohne euch um ihn zu bekümmern, gingt ihr bei Tage und bei Nacht fort und ließt ihn allein. Wir sprachen längst untereinander davon, dass plötzlich der Gegenstand unserer Anbetung über euch zürnen und sich in den Himmel begeben werde, um bei dem Messias über euch zu klagen. Was wir fürchteten, ist nunmehr eingetreten; ihr habt das hehre Idol beleidigt, sodass es nichts mehr mit euch zu tun haben will und zum Himmel aufgestiegen ist. Jetzt droht aber seine Rache, und kein Glück wird hinfort diesem Lande zuteil werden, kein Segen ihm bleiben und kein Gebet hier Erhörung finden! Drum weilen auch wir hier keinen Tag länger, sondern ziehen weiter nach andern Ländern.«

Als die Priester dies hörten, huben sie flehentlich zu bitten an: »Habt Erbarmen, habt Mitleid mit uns! Verlasst unser Land nicht; wir hoffen, dass um eurer segenvollen Anwesenheit willen unsre Buße angenommen und uns Verzeihung gewährt werde, sodass unser Idol wiederkehre. Wenn auch ihr geht, so ist unsre Lage sehr traurig.« Also flehten sie jammernd und heulend; der Tischler und der Goldschmied aber wiesen sie mit harter Hand zurück und wollten von nichts hören. Nach einigen Tagen sagten sie den Priestern Lebewohl und reisten ab. Als es aber Abend geworden war, kamen sie wieder, nahmen das Gold von der Stelle, wo sie es vergraben hatten, und gingen dann hin, woher sie gekommen waren. Bald darauf langten sie gesund und reich in Azerbeidjân, ihrer Heimat, an und blieben daselbst.

Das Gold befand sich in den Händen des Goldschmieds, der mit dem Tischler davon ein reichliches und bequemes Leben führte. Eines Tages sprach zu ihm letzterer: »Mein Bruder, da unser ganzer Schatz in deinen Händen ist, so halte nur sorgfältig Rechnung, damit keiner von uns zuviel erhalte.« – Der Goldschmied nahm dies wohl auf, und anfangs geschahen die Ausgaben nach der besten Gerechtigkeit.

Nach einiger Zeit aber versuchte der Satan den Gold-schmied; er reizte ihn mit des Goldes Reize – und füllte sein Herz mit Gier und Geize – sodass er bei sich selber sprach: »Was bin ich doch für ein Narr! Die Geschichte von dem Golde weiß ja außer uns beiden niemand, und der Tischler hat längst genug an dem, was ich ihm schon gegeben. Wie wär's, wenn ich den Rest ableugnete?« – Diesen Gedanken beschloss er sofort zur Tat werden zu lassen, und als der Tischler nach alter Gewohnheit wie-derkam, um etwas Gold zu holen, antwortete ihm der Goldschmied: »Was für Gold willst du denn? Unser Schatz ist längst erschöpft und ausgegeben; ich habe kein Gold mehr.« – Also leugnete er ab; der Tischler aber, der ein sehr kluger und verständiger Mann war, gab ihm keinerlei Widerrede und ließ sich durchaus nicht mer-ken, dass er etwas übel nehme. Mit gewohnter Freund-lichkeit antwortete er: »Gut, mein Bruder, wenn kein Gold mehr da ist, so möge uns nur die Gesundheit blei-ben! Sich um Gold und Gut zu betrüben, ist nicht der Mühe wert. Ausgegeben zu werden, ist die Bestimmung des Goldes; das ist geschehen, und nun ist's zu Ende. Gott gebe uns beiden langes Leben, mein Bruder! Nur, um des Himmels willen, betrübe dich nicht!«

Also tröstete er seinen Freund; dabei aber war er fest überzeugt, dass dieser sich zum Betruge gewandt habe. »Mit Gewalt«, sprach er bei sich, »den Schatz dem Gold-schmied zu entreißen, ist völlig unmöglich, dazu will's tausend Listen und lange Zeit.« – Zu dem Ende hielt er es für nötig, sein Benehmen nicht zu verändern und äußerlich den Pfad der Freundschaft mit dem Goldschmied nicht zu verlassen. Wo er ihn traf, lächelte er ihm demnach zu und ließ ihn lange Zeit nicht das Mindeste merken. So lebten sie miteinander; der Goldschmied aber rechnete es dem Tischler als große Dummheit an, dass er seine Lüge über die Erschöpfung des Schatzes geglaubt habe und ihm danach so freundlich zulächle. »Den habe ich hübsch hinter das Licht geführt«, meinte er.

Inzwischen grub der Tischler in seinem Hause ein unterirdisches Gemach aus und stellte darin eine von ihm aus Holz geschnitzte Figur auf, welche an Gestalt und Zügen auf das genaueste den Goldschmied darstellte und welcher er auch Gewänder ganz von dem Schnitt derer des Goldschmieds anzog. Dann schaffte er sich ein Paar junger Bären an, welche er der besagten Figur gegenüber in dem unterirdischen Gemache an eine Kette sperrte. Jeden Tag nun, wenn die Essenszeit der Tiere gekommen und sie sehr hungrig waren, legte er der vor ihnen stehenden Figur auf jede Schulter ein Stück Fleisch; die Tiere suchten dann dies, sobald sie es erblickten, zu erreichen, und wenn er sie von der Kette losmachte, so sprangen sie herzu, nahmen je von einer Schulter das Stück und fraßen es. Das war ihre Fütterung, und da sie täglich zweimal ihr Fleisch auf diese Art und Weise erhielten, so gewöhnten sich ihre Augen leicht an die Figur des Goldschmieds. Sogar wenn sie angekettet waren, richteten sie sich häufig gegen die Figur auf, bewegten Kopf und Ohren und machten ihr aus Gier nach Fleisch allerlei spaßhafte Bewegungen und Schmeicheleien vor.

Nachdem der Tischler so die Tiere mit der Figur befreundet hatte, lud er eines Tages nach alter Gewohnheit den Goldschmied zu Tische. Derselbe hatte zwei Söhne, welche er, da zwischen ihm und dem Tischler keine Förmlichkeit bestand, mitbrachte. Als die Mahlzeit beendigt war, nahm der Goldschmied Abschied, indem er seinem Freunde sagte: »Mein Bruder, ich gehe in meinen Laden; schicke meine Söhne später nach Hause!« – Damit erhob er sich und ging. Kaum war er aber fort, als der Tischler die beiden Bürschchen nahm, sie in ein ebenfalls in seinem Hause befindliches abgelegenes Zimmer brachte und die Tür hinter ihnen verschloss. Zugleich brachte er die Figur aus dem unterirdischen Gemach an einen andern Ort und ließ die jungen Bären aufs äußerste hungrig werden.

Am Abend verließ der Goldschmied seinen Laden und ging nach Hause. Dort erfuhr er, dass seine Söhne fehlten und noch gar nicht gekommen waren. Dies beängstigte ihn dergestalt, dass er in der Dunkelheit der Nacht sogleich nach dem Hause des Tischlers eilte; doch fand er auch dort seine Kinder nicht. Er fragte nun den Tischler, was aus seinen Söhnen geworden sei, der aber antwortete ihm: »Ich weiß davon nichts, mein Bruder. Nach deinem Fortgehen wollten sie nicht länger bleiben und haben sich auf und davon gemacht; seitdem habe ich sie nicht mehr gesehen und kann also nichts darüber sagen.« – Der Goldschmied kehrte nun nach seinem Hause zurück, denn er meinte, sie könnten vielleicht auf einem andern Wege dorthin gelangt sein, während er zu dem Tischler gegangen. Vergebens; er fand sie nicht, sie waren nicht gekommen! – Jetzt ward ihm die Welt zu enge, er konnte die ganze Nacht kein Auge schließen, lief suchend nach allen Himmelsgegenden und ließ die Sache durch Ausrufer bekanntmachen. Es fand sich aber in der ganzen Stadt niemand, der sie gesehen hätte.

Nun zerriss er sich seinen Rockkragen und ging wieder zu dem Tischler, dem er sagte: »Du sollst mir jetzt unfehlbar meine Kinder wieder schaffen, denn da ich ging, habe ich sie bei dir gelassen.« – Darüber erhob sich ein Zank, und die alte Freundschaft verwandelte sich in einem Augenblick in Feindschaft. Zuletzt kam es dahin, dass der Goldschmied den Tischler vor den Kadi rief und nach dem heiligen Gesetz gegen ihn klagbar wurde. Nachdem er dem Kadi sein Anliegen vorgetragen, fragte dieser den Tischler: »Nun, was sagst du?« – »Ja«, antwortete derselbe, »der Mann hat recht, seine Söhne sind bei mir geblieben; aber nachdem er fort gegangen, haben sich beide in Bären verwandelt. Ich habe sie darauf in einem Keller angebunden, wo sie noch sind.« – »O Tischler«, entgegnete der Kadi, »sprich kein leeres Zeug; in der Religion Mohammeds (über dem Heil und Segen sei) gibt es keine Verwandlung. Verwandlungen fanden wohl unter den früheren Propheten (über denen gleichfalls Heil sei) statt, seit dem glückseligen Erscheinen unsers Propheten aber, des Ruhmes der Schöpfung (über dem der herrlichste Segen sei), ist dergleichen nicht mehr vorgekommen. So finde denn rasch die Knäblein auf!« – »Allerdings«, antwortete der Tischler, »steht in den Büchern so geschrieben, und die Rechtgläubigen sind auch frei und gesichert vor solcher Verwandlung; aber die geheimnisvolle Weisheit Gottes hat sich an den Söhnen dieses Mannes offenbart. Gott weiß, wegen einer Schlechtigkeit, die mein Gegner begangen, hat dies wohl seine Kinder betreffen müssen.«

Der Kadi sah nun seine Beisitzer an und sprach zu ihnen: »Ihr Rechtgläubigen, es ist sicher, dass in der Religion Mohammeds (über dem Heil sei) Verwandlung nicht stattfindet, aber dieser Tischler spricht doch sehr vernünftig, wir müssen notwendigerweise mit eigenen Augen sehen.«

Alle, die dies hörten, schlossen sich nunmehr dem Kadi an, der sich in zahlreicher Begleitung nach dem Hause des Tischlers begab. Dieser öffnete der Versammlung sein unterirdisches Gemach und ließ sie eintreten. Sobald aber die beiden Bären, welche an die den Goldschmied darstellende Holzfigur gewöhnt worden waren, an deren Stelle den Goldschmied selbst erblickten, stürzten sie auf ihn los und schmeichelten ihm mit allen möglichen Freundlichkeiten und Spielereien. Sie sahen ihn an, bewegten die Ohren und den Hals und machten überhaupt, um ihren Fraß zu bekommen, die wunderlichsten Bewegungen vor ihm. Dann trat der Tischler herzu und löste sie von ihrer Kette; kaum aber fühlten sie sich frei, als sie auf den Goldschmied zusprangen, je auf eine seiner Schultern stiegen und ihm den Hals und die Ohren zu streicheln anfingen.

Als der Kadi und die Leute, die mit ihm gekommen waren, dies sahen, waren sie alle hocherstaunt. »Was ist hierbei zu machen?«, riefen sie aus, »und was sollen wir dazu sagen? Gott ist der Lenker aller Dinge! Diese jungen Bären sind wirklich deine Söhne, daran zweifelt niemand unter uns mehr.« Damit gingen sie fort; der Tischler aber überreichte dem Goldschmied die Kette der beiden Tiere, indem er zu ihm sprach: »Hier, mein Bruder, nimm deine Söhne!«

Der Goldschmied erkannte jetzt den Sinn der Geschichte und sah, dass, wenn er auch äußerlich den Prozess gegen den Tischler gewönne, er doch nichts anderes erreichen würde, als dass ihm anstatt seiner Söhne ein Paar junger Bären von Rechts wegen zugesprochen werden würde. Er zweifelte nicht länger, dass dies eine List sei, zu der seine Habsucht den Tischler veranlasst habe und die von ihm in der Absicht angestellt sei, um seinen Anteil an dem Golde zu erlangen. Notgedrungenerweise zog er ihn deshalb beiseite und sprach zu ihm: »Mein Bruder, dein Anteil an dem Golde liegt bei mir bereit, nimm außerdem noch, soviel du willst, nur mach mich nicht zum Gespötte der Welt!« »Mein Bruder«, erwiderte der Tischler, »deine Kinder sind bei mir ebenfalls bereit; bring mein Gold und hole deine Kinder!« Alsbald brachte nun der Goldschmied das ganze Gold und nahm seine Kinder gesund und wohlbehalten in Empfang und führte sie nach Hause. Nur hatte sich um irdischen Tand – die Freundschaft, die beide verband – zu Hass gewandt – sodass sie in Trug und Lug ihr Ende fand.

»Um nun«, fuhr der Papagei fort, »aus dieser seltsamen Geschichte eine nützliche Lehre zu ziehen, so merke dir, dass es hienieden zweierlei Menschen gibt, und zwar solche, welche stark, und solche, welche schwach in der Freundschaft sind, wie dies nachher bei der Prüfung klar wird. Jedoch glaube ich, dass die Liebe deines Teuern, des vornehmen Jünglings, stark sein muss. Willst du dennoch eine Prüfung anstellen, vortrefflich! Doch ist das ganz überflüssig. So zögere denn nicht, geh und genieße seine Gesellschaft.«

Mâhi-Scheker machte sich nun vergnügt zu ihrem Geliebten auf den Weg; aber da sah sie, dass es schon tagte, und dass das Gold des Sonnenballs – so der Goldschmied des Weltenalls – hielt verborgen – beleuchtete den freigewordenen Morgen. – Traurig erkannte sie nun, dass der Besuch auf die nächste Nacht verbleiben musste.

> Nun weicht, ihr armen Leute, weicht,
>   Und sei es euch gesagt,
> Es hat der hohe Diwan
>   Auf morgen sich vertagt!

SIEBENTER ABEND

Mâhi-Scheker verhielt sich also jenen Tag abermals geduldig und ruhig. Als aber der Abend war gekommen – und die Welt auf sich genommen – den dunkeln Schleier – trat sie, durchglüht von der Sehnsucht Feuer – nach dem, der ihr teuer – und der Nachtigall gleich – klagereich – unter den Käfig des Papageien. – »Ach«, sprach sie, »was soll noch auf Erden – aus mir werden? – Der Liebesschmerz ist zum Brand in mir entfacht – und mit Seufzen wird Tag und Nacht – von mir hingebracht. – Es ergeht mir ganz nach dem Verse:

Speise, Trank und Schlummer, ach!
Nichts gefällt mir mehr;
Und in meinem Aug der Born
Ward vom Weinen leer.

Ich bitte dich nun, o Papagei, dass du mir deinen guten Rat unverweigerlich mitteilest – und meinen Seelenschmerz heilest. – Kannst du dem Übel nicht wehren – so wird der Trennungsgram mein Leben verheeren – und der Sturm der Sehnsucht mein Dasein zerstören.« – Worauf alsbald der Papagei seinen Mund erschloss – und süße Worte reihend – und Juwelen streuend – sich in folgender Rede ergoss: – »Ein kostbarer Spruch, o Mâhi-Scheker, der uns von dem Propheten überliefert worden ist, besagt, dass seinem Wohltäter treu dienen die höchste Gottesgnade, das wahre Elixier zu Ehre und Herrlichkeit ist. Ich bin nun, dem Höchsten sei's gedankt, mit dem Schmucke der Weisheit geschmückt – und meinen Handlungen ist der Geradheit und Bravheit Siegel auf die Stirn gedrückt. – Auch sollte dein kundiges Herze wissen – dass ich mich beflissen – in deinem Dienste zu jeder Zeit – der Treue und der Wahrhaftigkeit. – Da du nun mir anvertraut hast deine Heimlichkeit – und zahllose Wohltaten auf mich gestreut – so kann ich wohl verlangen – dass du sonder Bangen – nach meinem Rate handelst – und meine Worte in Taten verwandelst. – So mach denn ohne Verzug – deinem Liebsten den Besuch – lass die Gelegenheit nicht verstreichen – denn es heißt, die günstigen Augenblicke rasch entweichen. – Sonst möchte, bevor dir's könnte glücken – deinen harrenden Liebhaber zu entzücken – dein Gatte Sâïd wiederkehren – und deine Wünsche zerstören. – Dann hättest du dich vor deinem Vielgetreuen – zu schämen und zu scheuen – wie der indische Königssohn zu Schmach und Scham – vor dem Weibe des Kriegers kam.«

Als Mâhi-Scheker dies hörte, fragte sie: »Was ist das für eine Geschichte?«, und der Papagei hub an:

Geschichte vom indischen Königssohn und dem Weibe des Kriegers

Die Bücher alter Geschichten – erzählen und berichten – dass einst in einer Stadt in Hindustan – lebte ein Kriegesmann – der ein liebliches Weib besaß, die war so schön – dass selbst des Horizontes Augen ihresgleichen nicht gesehn, und nie ward ihrer Unschuld reines Gewand – berührt von unheiliger Hand. – Von ihrer Locken Schlingen umwunden – war der Krieger wie mit Ketten gebunden – und wie gefangen in Angst und Bangen – hielt ihn das zarte Liebchen – in ihres Kinnes Grübchen. – Er hatte sich von allem losgesagt – was auf der Welt dem Menschen behagt – und seines Weibes Liebesblick – war sein einziges Vergnügen und Glück. – Wo ihm ihr Anblick ward beschieden – war er zufrieden – und trug kein Verlangen – weitere Güter zu erlangen – sondern mit Herzen und Scherzen ward Tag und Nacht – lachend und wachend von ihm hingebracht. – Wie aber er die Frau – also genau – liebte den Gatten sie – und widersetzte sich seinem Willen nie – sondern ließ sich genügen an trockenem Brot – kaum genug zu wehren dem Hungertod – und wollte lieber in Not und Armut bleiben – als ihren Gatten zur Arbeit antreiben. – Was zur Hand war im Haus – gaben sie aus – und wie sie täglich tranken und aßen – so verkauften sie, was sie besaßen – ihre Habe groß und klein – und lebten von dem, was dafür kam ein. – Endlich musste die Frau auch ihre Kleider und ihre Aussteuer verkaufen, bis nichts übrig blieb, und da sie keinerlei Erwerb hatten, so gerieten sie in die äußerste Armut und Dürftigkeit. In dieser Lage sprach eines Tages die Frau, welche ebenso verständig als tugendhaft war, zu ihrem Manne: »Unser Hausrat ist hinfort der Koranspruch: ›Es gibt kein Tier auf der Erde, dem Gott nicht seinen Unterhalt gäbe‹[*]; dieser Spruch aber ist ein Schatz, dem allem Lebendigen wird sein tägliches Brot zur Genüge zuteil. Indessen ist diese Welt eine Welt der Ursachen; ohne Ursache ist keine Wirkung, und es geschieht nichts; denn Gott selbst hat die Wirkungen an die sie veranlassenden Tätigkeiten geknüpft. Wir sind beide wohlauf und kräftig; und schickt es sich wohl, dass du hier in einem Winkel dich abhärmst und verkommst, wenn deinesgleichen im Dienste des Königs gute Tage haben? – So wirf denn diese Weichlichkeit ab und lass dich in den Dienst des Landesherrn aufnehmen! Dann dürfen wir hoffen, dass deine Umstände aus ihrer jetzigen Zerfahrenheit wieder zu guter Ordnung gedeihen.«

Als der Krieger diese Worte vernahm, hub er so heftig an zu weinen, dass ihm schwarzes Blut aus den Augen floss, und er sprach: »Wie könnte ich dich verlassen? Und wem sollte ich dich anvertrauen?« – Ihm antwortete die Frau: »Wohl mag es dich brennen – dich von mir zu trennen – aber schlimmer als der Trennung Glut – quält der Dürftigkeit Wut. – Und fällt dir nicht das Sprichwort ein: – ›Bittre Armut ist Höllenpein‹? – Nur im Überfluss – ist man empfänglich für der Liebe

[*] Sure 11, 8.

77

Hochgenuss – doch wo des Kummers und Grames Last – die Brust erfasst – kann man da an seinem Liebchen, dem süßen – Freude haben und es genießen? – Sollst du dich aber um meinetwillen kränken – und etwa denken: ›Kaum bin ich fort – so wird der wohlbehütete Ort – mein Harem, befleckt – und was ich versteckt – vor fremden Augen aufgedeckt – und ich bin entehrt – solange mein Leben währt‹ – solltest du also denken, da wisse, dass dies törichte und lästerliche Einbildungen sind. ›Der Glückliche ist schon im Mutterleibe glücklich, und der Unglückliche ist schon vor der Geburt unglücklich‹, sagen die Araber, das heißt Glück und Unglück sind Gaben, die Gott in der anfangslosen Ewigkeit dem Menschen zuerteilt hat; es ist das uralte Verhängnis des Herrn. Wenn – wovor uns Gott bewahren möge – ein Weib Schlechtigkeiten begehen will, so ist sie dazu ebenso gut bei Anwesenheit als bei Abwesenheit des Mannes imstande. Bis jetzt ist es doch nicht vorgekommen, dass ich zu solcher Schändlichkeit mich hergegeben hätte, und auch in Zukunft wolle der Allbewahrer mich dagegen in seinen Schutz nehmen. Wenn er mich behütet, so wird man weder in dieser Welt mich treulos schelten, noch werde ich jenseits beschämt dastehen. Außerdem aber weißt du, dass meine Eltern, Großeltern und Ahnen nie dergleichen Sünden begangen haben; so Gott will, hege ich stets gleichen Abscheu davor. Es ist ja eine ausgemachte Sache, dass jeder Mensch in den Wegen derer geht, von denen er abstammt, aus welchem Grunde auch jener erfahrene Mann seine Frau heimschickte.« – Als dies der Krieger hörte, fragte er seine Frau: »Was ist denn das für eine Geschichte?«, worauf die Frau anhub:

Geschichte von dem Kaufmann und der jungen Frau

Wie man erzählt, lebte vorzeiten ein Kaufmann, welcher sich überall bemühte, den Charakter der Frauen zu erforschen, und sich nach ihrem Tun und Treiben erkundigte. Einstmals unternahm er eine Handelsreise, und da geschah es, dass er in einer Stadt, die er besuchte, um seine Begierden zu stillen – und den Wunsch der Verheiratung zu erfüllen – eine Jungfrau zum Weibe nahm, deren Mutter von Art ein liederliches Weibsbild war. Nach der Hochzeit blieb der Kaufmann mit seiner jungen Frau noch einige Zeit in jener Stadt; er liebte sie auf das Innigste, und auch sie handelte nie seinen Wünschen zuwider, sondern diente ihm in aller Ehrbarkeit. Nun traf es sich, dass er jene Stadt verlassen und in ein anderes Land reisen musste; er schaffte also alle Reisebedürfnisse an, lud sie auf Kamele und Maultiere und reiste, sich einer Karawane anschließend, mit seiner Frau ab.

Eines Tages führte der Weg sie an eine Brücke, über welche man das vorderste Kamel der Karawane nicht hinüberzubringen vermochte. Nachdem man sich umsonst deshalb eine Weile bemüht hatte, sprach die Frau des Kaufmanns: »Lasst nur das Kamel, das ich reite, vorangehen!« Man tat also, und wie ihr Kamel voranging, so folgte ihm dasjenige, welches vorher nicht hatte vorwärts wollen, nach und kam hinüber.

Der Kaufmann glaubte, die Worte seiner Frau als eine übernatürliche Eingebung betrachten zu müssen und fragte sie: »Wie wusstest du denn, dass das Kamel, welches du reitest, hinübergehen würde?« – »Ich wusste nur«, antwortete sie, »dass das stetige Kamel ein Junges des meinigen ist, und da die Mutter hinüberging, so musste das Kind doch ohne Zweifel folgen.« – »Aber folgt das Kind denn immer der Mutter?«, fragte der Kaufmann. – »Freilich immer!«, antwortete die junge Frau.

Der Kaufmann verstand die tiefe Bedeutung dieses Wortes und sprach deshalb zu seiner Frau: »Aus dem, was sich hier mit den Kamelen ereignet hat, schließe ich auf das, was sich mit dir ereignen wird. Wenn jedes lebende Wesen seiner Mutter folgt und denselben Weg geht, so wirst du auch gewiss allmählich auf die Pfade *deiner* Mutter kommen, liederlich und schlecht werden und mir vor der Welt dadurch einen bösen Namen machen. Hinfort habe ich daher mit dir nichts mehr gemein.

Jetzt bin ich los von allem, was an dir
Mich sonst entzückt hat und beseelt, o Holde!
Nicht klag ich wie die Nachtigall hinfort,
Wo mir dein Rosenantlitz fehlt, o Holde!«

Er zahlte ihr demnach ihre Morgengabe aus, gab ihr den Scheidebrief und schickte sie zu ihrer Mutter in ihre Heimat zurück.

»Hieraus«, so fuhr die Frau des Kriegers fort, »ist die Lehre zu ziehen, dass jedes Geschöpf in den Wegen seines Ursprungs wandelt, das ist eine alte Regel. Mein Ursprung ist rein, und ich habe mich der Hut des Herrn anbefohlen. Außerdem bin ich ja tugendhaft, und deshalb bedarf ich deines Schutzes nicht, so wie eine gewisse Merhûma sich vor Sünden hütete und dann sowohl vor ihrem Gatten, dem frommen Manne, unschuldig da stand als auch des Höchsten Wohlgefallen sich erwarb.« – »Was ist das für eine Geschichte?«, fragte der Krieger, und die Frau erzählte:

Geschichte der Merhûma

Die Bücher wahrer Geschichte – und redeklarer Berichte – teilen mit, dass einmal in dem Lande Turkistan Merdi-Salih, ein frommer Mann, lebte, der eine gehorsame, demütige – gewissenhafte und gutmütige – Frau, namens Merhûma, besaß. Einst beschloss Merdi-Salih, die Pilgerfahrt nach dem Hedjâz anzutreten, den Umgang um die Kaaba zu halten und das Grabesgärtlein des Propheten (über dem Heil sei!) zu besuchen. Vor der Abreise brachte er seine Frau in das Haus seines Bruders und übergab sie seinem Schutze; dann machte er seine Vorbereitungen, sagte seinen Freunden Lebewohl und reiste ab, indem er noch wiederholt die Frau dem Bruder anempfahl.

Lassen wir ihn zunächst bei seiner Pilgerfahrt; sein Bruder, welcher Fessâdj hieß, kam dem Auftrage gemäß täglich zu der Frau Merhûma und sorgte für ihre Lebensbedürfnisse. Als er aber in dieser Weise eines Tages in ihr Zimmer trat und sie von ungefähr erblickte, überraschte ihn ihre außerordentliche Schönheit so sehr, dass er sich in sie verliebte. Der Teufel voll Lug und Trug raunte ihm nun stündlich Böses zu, bis es ihm gelang, ihn irrezuführen und ihm allmählich auch die Schmerzen der Liebe fühlbar zu machen. Kurz, seine Leidenschaft wuchs von Tag zu Tag, sodass er endlich sich nicht mehr halten konnte und die Liebe den Schleier der Scheu und Scham durchriss.

Da er nun eines Tages die Merhûma allein traf, erschloss er ihr sein gequältes Herz – seinen unheilvollen Liebesschmerz – und flehte, sie wolle ihn erhören – und sein Begehren gewähren – und die Glut in ihm ersticken – und ihn, der liebeskrank, durch den Heiltrank ihrer Gegenliebe erquicken. Sowie aber Merhûma die abscheuliche Zumutung ihres Schwagers vernahm, antwortete sie ihm, außer sich vor Erstaunen und Unwillen: »Du schamloser Mensch, fürchtest du Gott nicht? Und hast du keine Scheu vor Mohammed, unserm Herrn, dem Erkorenen – dem Preise der Erdgeborenen – dass du es mochtest wagen, mir solche Gräuel vorzuschlagen – und also deinem bösen Gelüste Rechnung zu tragen? – Geh fort und lass den törichten Gedanken fahren, denn dass dir dein Wunsch in Erfüllung gehen sollte, ist durchaus unwahrscheinlich. Nie werde ich gestatten, dass die Sünde zerreiße – mein Gewand, das unschuldweiße – und dass Treulosigkeit vergälle meiner Reinheit lautere Quelle.«

Also schnitt sie ihm durch ihre Antwort jede Hoffnung ab. Fessâdj kannte Geduld und Rast nicht mehr – das Weib war sein Begehr – und schlimmere Worte als vorher – strömten aus seinem Munde daher. – »Willst du«, sprach er, »dich mir nicht fügen, so bringe ich dich um, oder ich mache dich zum Hohn und Spott der Welt, und nachher wirst du es bereuen.« Diese Worte begleitete er mit furchtbaren Drohungen. Die Frau aber verachtete dies und verbot ihm, ferner zu ihr zu kommen, indem sie sprach: »Was auch geschehen mag, von der Pflichttreue wirst du mich nicht abbringen, und Gott ist's, der mir hilft.« – Dann ging sie in ihr inneres Gemach und blieb daselbst. Fessâdj aber machte, von den Einflüsterungen Satans getrieben, tausendfältige fluchwürdige Entwürfe, ohne sich um die Ehre seines Bruders, der doch das Haupt der Familie war, noch um den Auftrag, das Haus zu behüten und zu beschützen, je zu kümmern.

Nun lebten in jener Stadt vier schlechte, die Religion gering achtende Menschen. Die gewann Fessâdj durch große Versprechungen und führte sie als Zeugen nach dem Gerichtshofe, wo er selbst als Kläger auftrat und die Merhûma verleumderischerweise des Ehebruchs beschuldigte. Auf das Zeugnis der vier Mohammedaner verurteilte der Kadi die unglückliche Frau nach dem heiligen Gesetz zur Steinigung, und diese Sentenz wurde auch sofort ausgeführt; man brachte die Merhûma auf das freie Feld hinaus, steinigte sie, wie das heilige Gesetz vorschreibt, und ließ sie dann liegen. Da sie aber schuldlos war, so errettete der Allherrliche sie vom Tode und ließ Spuren des Lebens in ihrem Körper zurückbleiben.

Nach einiger Zeit, als es Abend wurde, kehrte ihr das Bewusstsein einigermaßen wieder, und da fand sie ihren lieblichen Leib mit Blut bespritzt – einem Rubin gleich, der im Felsen sitzt. – Alsbald wandte sie sich im Gebet zu dem Allwahren – dem aller Bedürfnisse Baren – und sprach: »O Gott, der du vermochtest deinen Freund zu erlösen – aus dem Glutofen Nimrods des Bösen – und den Jonas aus des Fisches Bauche – wiederzugeben dem Lebenshauche – o du, dem das Verborgene klar – und das Geheime offenbar – ich bekenne, dass ich eine Übeltäterin – eine Übertreterin bin und Verräterin – und dass ich meine Religionspflichten – oft versäumt habe treu zu verrichten. – Aber du weißt, dass ich nicht einmal an das gedacht – was sie wider mich vorgebracht – dass der Schmutz solcher Schande – nicht haftet an meiner Unschuld Gewande – und dass meines Daseins Spiegel nicht mit dem Roste der Sünde bedeckt – sondern unbefleckt – ist und rein – von klarem Schein. – So rette mich denn, o Gott und Herr – zu Ehren der Schuldlosen, Gewaltiger – aus diesem Gefängnis – aus dieser Steinbedrängnis!«

Da sie so flehte, wurde sie von dem Gnadenhauche des Allerbarmers angeweht; es tauchte von dem Wege her ein Beduine auf, dem das aus dem Steinhaufen her erschallende Seufzen und Klagen zu Ohren kam. Neugierig, was das für ein Laut sein möge, näherte er sich, und sieh da, es war eine Frau, die zwischen den Steinen so kläglich stöhnte, dass sogar Felsen, wie viel mehr

Menschen davon hätten zerschmelzen mögen. Er fragte sie, was ihr widerfahren sei, worauf sie ihm ihre Geschichte von Anfang bis Ende erzählte. Den Araber rührte ihr Schicksal, und er zog sie aus dem Steinhaufen hervor. Da er sie aber erblickte – ein liebreizendes Wesen – eine Perle auserlesen – derengleichen auf Erden – nicht zwei gefunden werden – da erstarrte er ob ihrer Schöne – und gleich Nachtigallen – ließ er erschallen – vor ihren Rosenwangen Klagetöne – kurz, von Liebe hingerissen, sprach er: »O Weib, was meinst du, soll ich dich nicht heiraten?« – »Welche Religion«, erwiderte sie, »gestattet denn einer Frau, zwei Männer zu haben? Mein Gatte lebt und befindet sich eben auf der Wallfahrt nach Mekka.«

Als der Beduine, der ein gottesfürchtiger Mann war, dies hörte, nahm er die Merhûma als Schwester an. »Wenn es so ist«, sprach er, »so sollst du hinfort vor mir sicher sein; ich betrachte dich als meine Schwester für Zeit und Ewigkeit. Bis dein Ehemann von seiner Pilgerfahrt zurückkehrt, sollst du in meinem Hause wohnen. Nach seiner glücklichen Ankunft aber werde ich dich hinbringen und ihm übergeben.« – Mit diesen Worten führte er sie nach seinem Hause, woselbst er seiner Frau die Begebenheit erzählte und ihr alle mögliche Freundlichkeit gegen die Fremde anempfahl. Auch die Frau hatte Mitleid für die arme Merhûma und behandelte sie wie eine Schwester, sodass sie lange Zeit zufrieden in jenem Hause lebte.

Nun hatte aber der Beduine einen Sklaven, einen gottverlassenen Wicht – scheußlich von Angesicht – der

üble Nachrede erdichtete – und damit Unheil anrich-
tete. Dieser ließ einmal seine Blicke auf die Merhûma
fallen und wurde auf der Stelle in sie verliebt. Eines
Tages benutzte er eine Gelegenheit, die sich ihm darbot,
ihr seine Herzensnot zu eröffnen und sie um Gegenliebe anzugehen; Merhûma aber wies ihn ab. Da fing
er an, sie zu bedrohen, indem er sprach: »Wenn du meinen Wünschen kein Gehör schenkst, so werde ich dir
nachstellen, ja, ich werde dich umzubringen suchen.« –
Merhûma blieb jedoch bei ihrer Weigerung und war
weit entfernt, sich dem Burschen geneigt zu zeigen, der,
Hass und Grimm im Busen hegend, auf eine Gelegenheit, ihr zu schaden, lauerte.

Der Beduine hatte ein Söhnchen im Säuglingsalter,
das er unendlich liebte. Dies unschuldige Wesen
schlachtete der Unmensch bei Nacht, befleckte mit dem
Blute Merhûmas Kleider und legte ein blutiges Messer
unter ihr Kopfkissen. Als es nun Morgen wurde und
der Araber sah, was geschehen war, warf er, außer sich
vor Schmerz um sein Söhnchen, die unglückliche, unschuldige Merhûma zu Boden und schlug sie heftig. Sie
aber erzählte ihm, was zwischen ihr und dem Sklaven
vorgefallen, und es gelang ihr, ihn von ihrer Unschuld
zu überzeugen. »Deine Worte sind wahr«, sagte er, »und
deine Rechtschaffenheit ist mir bekannt. Aber was ist
nun zu tun? Meine Frau ist des Kindes Mutter, ich
fürchte, dass sie – was Gott verhüte – dir nachstellen
und dir ein Leides zufügen wird. Es ist daher besser, du
entfernst dich von hier und siedelst dich in einer andern
Stadt an.« – Mit diesen Worten reichte er ihr ein Rei-

segeld von vierhundert Silberdrachmen; sie sagte ihm Lebewohl und machte sich auf den Weg.

Den ganzen Tag ging sie ruhig vorwärts, bis sie am Abend eine Stadt erreichte, außerhalb welcher sie in einem Winkel übernachtete. Nachdem sie ihre Gebete verrichtet und es Morgen geworden war, begab sie sich in die Stadt, in welcher sie auf der Straße einen von Menschen umstandenen Galgen aufgerichtet sah. Sie erkundigte sich nach der Ursache des Zusammenlaufs, worauf man ihr mitteilte, der König jener Stadt habe die Sitte, jeden, der die Kopfsteuer nicht entrichte, zu henken. Ein junger Mensch, den man ihr zeigte, sei in diesem unglücklichen Falle und solle nun gleich hingerichtet werden. »Wie viel Geld ist denn nötig«, fragte darauf Merhûma, »um den Jüngling vom Tode zu befreien?« – »Er schuldet vierhundert Silberdrachmen«, antworteten die Leute. Sofort zog Merhûma ihre ganze Barschaft, die vierhundert Drachmen, hervor und gab sie hin, wodurch sie den Verschuldeten von dem Tode, der ihm ungesetzlicherweise bevorstand, erlöste.

Dem Verderben entronnen, eilte nun der Jüngling auf die Merhûma zu, warf sich ihr zu Füßen und erklärte, wie sehr er bedaure, sie um das ihrige gebracht zu haben. Da aber bei dieser Gelegenheit sein Blick auf ihre außerordentliche Schönheit fiel, so hub er an, sie so heftig zu lieben, dass er tausendmal sein Leben für sie gelassen haben würde. Bald benahm die Liebe ihm alle Scheu und Scham, und er fiel abermals seiner Wohltäterin zu Füßen und flehte um ihre Gegenliebe. Merhûma wies ihn streng zurück; er aber lief ihr nach und suchte sie bald durch Drohungen, bald durch Vorstellungen für sich günstig zu stimmen. Endlich rief sie ihm zu: »Ist das der Lohn dafür, dass ich dich vom Tode errettet habe? Jetzt denkst du mich zu verführen? Fürchtest du dich nicht vor Gott?« – »Ach«, antwortete er, »hätte man mich doch nur gehenkt, da wäre ich den Qualen dieser Leidenschaft nicht anheim gefallen! Du hast mich aus dem Wasser gezogen, um mich dann in das Feuer zu werfen!«

Also folgte er ihr nach, sie mochte wollen oder nicht, und beide gelangten endlich an das Ufer des Meeres. Sie fanden daselbst ein Schiff, das zur Abreise nach fernen Ländern bereit war. Merhûma wünschte die Fahrt mitzumachen; ihr schändlicher Liebhaber aber, welcher eingesehen hatte, dass er nichts bei ihr durchsetzen werde, und dessen Liebe nunmehr der Habsucht gewichen war, rief hinter ihr her: »Dies Weib ist meine Sklavin, und ich will sie verkaufen.« – Der Schiffsherr, ein Handelsmann, ließ sich auf das Geschäft ein und zahlte für sie zehntausend Goldstücke – es war, als hätte er für Silber Perlen eingetauscht! Sobald dies geschehen, wurden die Segel aufgehisst, und man fuhr ab.

Von des Jünglings Treulosigkeit – und seiner schmachvollen Lüsternheit – war Merhûma nunmehr befreit; – dafür war sie den boshaften Krallen – des unverständigen Handelsmanns verfallen. – Kaum hatte dieser auf ihrer Lieblichkeit zarte Blüte – auf ihrer Mienen Engelgüte – den Blick geworfen, als er von Liebesweh ergriffen wurde. Alle Ruhe wich von ihm, und seine Ungeduld wurde so groß, dass er ihr noch denselben Abend seine Hand antrug. Aber Merhûma wies ihn ab, indem sie weinend antwortete: »Ich habe schon einen Mann, auch bin ich keine Sklavin; mich zu ehelichen, ist dir gesetzlich verboten.« – Durch diese Worte aber ließ er sich nicht abschrecken, sondern sprang auf sie zu und drang heftig in sie. Dadurch in Angst gesetzt, fing sie laut an zu schreien, sodass die Schiffsmannschaft, welche es hörte, herbei eilte, um ihr zu helfen. Sowie aber die Leute der schönen Frau ansichtig wurden, fühlten sie sich auch von Leidenschaft ergriffen, und kurz, es war keiner mehr auf dem Schiffe, der nicht in die Merhûma verliebt gewesen wäre. Alle stürmten nun auf die schwache Frau ein –; diese aber, in der Unmöglichkeit, Gewalt mit Gewalt zu vertreiben, hob zu dem Throne des Allmächtigen, Einen – flehend die Hände auf, die reinen – und sprach: »O Gott, der du in des Todes Meer – den Pharao ersäuftest mit seinem Heer – und der du deinen Freund Noah zum Ufer geleitetest – und ihm Rettung bereitetest – du weißt, wie mir's hier ergeht – und wie's um mich steht. – Siehe, deine Magd ist zu schwach – abzuwenden dies große Ungemach! – O erlass mir die Qual – dass ich in Josaphats Talerscheine – als Unreine – am Tage des großen Gerichts – beschämten Angesichts.«

Also sprach sie; da offenbarte sich der Zorn des Herrn auf dem Meere; die Wogen gerieten in Bewegung, die ganze Schiffsmannschaft schrie und heulte, und die Oberfläche des Wassers tobte, als wenn die Welt unterginge. Plötzlich schlug ein Blitz nieder und verbrannte außer der Merhûma alle Leute, die sich auf dem Schiffe befanden, zu Asche. Dann legte sich der Sturm, und es erhob sich ein sanfter Wind, der das Schiff nach einer Stadt am Ufer hintrieb. Um hier nicht in ein neues Unglück zu geraten, hielt Merhûma es für das Beste, ihre weibliche Kleidung abzulegen und sich vom Kopf bis zu den Füßen in Männertracht zu werfen. Sie tat dies und stieg ans Land.

Die Bewohner der Stadt waren höchlich erstaunt, ein Schiff ohne Bemannung ankommen zu sehen, und fragten die Merhûma, was ihr begegnet. Sie verlangte darauf zu dem Fürsten der Stadt gebracht zu werden, dem sie alles mitteilen wolle. Man tat nach ihren Wünschen und führte sie vor den Fürsten, welchem sie ihre Erlebnisse von Anfang bis zu Ende erzählte. Der Fürst, ein frommer Muselman, wurde bei der Erzählung von so innigem Mitleid für die arme Frau ergriffen, dass er blutige Tränen weinte. »Aber«, sagte er, nachdem sie ihre Erzählung beendet, »was sollen wir jetzt tun, liebe Frau?« – »Edler Herrscher«, antwortete sie ihm, »das Schiff, das mich hergefahren, ist mit probeechtem Golde schwer beladen und enthält außerdem einen unschätzbaren Wert an Edelsteinen und kostbaren Stoffen. Es ist ein vom Winde getragener Schatz, der sich dir zugewandt hat; geruhe, ihn für deine großherrliche Schatzkammer in Empfang zu nehmen. Nur bitte ich dich, du wollest mir an verborgener Stätte ein Kloster bauen lassen, wo ich bis an das Ende meiner Tage dem Dienste des Herrn leben kann.« – Der Fürst genehmigte dies, erbaute ein Kloster, ganz wie Merhûma es sich wünschte, und stattete dasselbe reich aus; auch unterließ er nichts, um die fromme Frau gegen fernere Angriffe zu sichern, und ehrte sie in aller Weise.

Von dem Kloster aus aber verbreitete sich der Ruhm von Merhûmas Frömmigkeit über die Erde, und da es hieß, dass ihre Gebete vor Gott Erhörung fanden, so strömten die Menschen scharenweise von allen Seiten herbei, sich ihre Fürbitte erflehend – und ihren lieblichen Hauch als Hilfe ersehnend – ihr Gebet achtend als das köstlichste der Elixiere – und ihre Gnade als ein Zaubermittel, das zur Seligkeit führe. Die Kranken und Elenden, welche zu ihr kamen, fanden auch allerdings bei ihr Heilung und kehrten gesund in ihre Heimat zurück; ja, indem um ihrer Reinheit willen durch ihren heiligen Hauch Wunder geschahen, wie sie sonst nur Jesus, der Hochbegnadete, gewirkt hat, so genasen nach Gottes Ratschluss bei ihr selbst Aussätzige, Blinde und andere gefährlich Kranke.

Während sie also ein gottgeweihtes Leben führte, kehrte Merdi-Salih, ihr Gatte, von welchem sie früher dem Fessâdj übergeben worden war – nachdem er die heilige Wallfahrt, die er unternommen, vollendet und den Grabesgarten des Propheten (über dem Heil sei!) besucht hatte –, in seine Heimat zurück. Kaum war er in seinem Hause abgestiegen, als seine Freunde und Bekannten scharenweise herbeieilten, um ihn zu begrüßen. Nachdem er sie entlassen, rief er seinen Bruder Abdallah Fessâdj zu sich und fragte ihn, wie es der Frau Merhûma gehe. »Ach, mein Bruder«, antwortete Fessâdj, »frage nicht nach dieser Schändlichen! Aus unreinem Gewande hat sie ihren Unglücksfuß hervor-

gezogen, um deine Ehre in den Staub zu treten und
unser reines Haus, das nie von solcher Schmach befleckt war, zu besudeln. Nachdem endlich ihr scheuß-
liches Laster an den Tag gekommen und auf vollgülti-
gen Zeugenbeweis ein richterliches Urteil ergangen
war, wurde die Strafe des heiligen Gesetzes an ihr voll-
zogen und die Frucht ihres Lebens aus dem Garten der
Erdenwelt vertilgt.«

Merdi-Salih glaubte den Worten seines Bruders, er
war über die Mitteilung sehr betroffen und zugleich
tief betrübt, dass seine Frau sich ein solches Vergehen
hatte zuschulden kommen lassen. Aber – was war jetzt
noch zu tun? »Es ist gekommen, was kommen sollte!«,
sprach er bei sich selbst und suchte den Schmerz über
ihren Verlust durch Geduld zu überwinden.

Aber der da spricht: »Die Rache ist mein!«, der Kenner des Verborgenen, zeigte sich jetzt in seiner Allmacht. Er ließ auf beide Augen des Fessâdj den schwarzen Star fallen, sodass er erblindete. So viele geschickte
Ärzte ihn auch behandelten – er fand keine Genesung,
und es wurde im Gegenteil sein Übel immer schlimmer. Endlich hörte Merdi-Salih, dass in einer gewissen
Stadt am Meeresufer eine Heilige lebe, deren Gebete
Erhörung fänden, sodass alle Welt durch ihre Fürbitte
Genesung erlange. Damit nun solche heilsame Fürbitte
seinem Bruder Fessâdj zuteil werde, reiste er mit ihm
nach jenem Ort.

Zufällig trafen sie auf dem Wege den Beduinen, von
dem als dem Eigentümer jenes boshaften Sklaven die
Rede gewesen ist. Dieser Sklave war nach Gottes Rat-

schluss in großes Elend geraten, seine Hände und Füße waren erlahmt und seine Glieder mit dem Aussatz behaftet, als wären sie mit Molchenhaut überzogen. Der Beduine entschloss sich nun, ihn auch zu der heiligen Büßerin zu führen und ihn segnen zu lassen. Beide Gesellschaften zogen zusammen weiter.

Ihr Weg führte sie durch die Stadt, in welcher die Merhûma den verschuldeten Jüngling vom Henkerstod errettet hatte. Dieser Niederträchtige war ebenfalls mit einer schweren Krankheit geschlagen worden, welche die Ärzte nicht zu heilen vermochten. Seine Verwandten baten daher, dass er mit zu der frommen Merhûma gehen dürfe, um ihren Segen zu empfangen.

Nachdem die Kranken in der Stadt am Meere angelangt waren, fragten sie alsbald nach dem Bethause der Büßerin, worauf sie nach dem bewussten Kloster gewiesen wurden. Sie fanden die Pforte desselben als eine Stätte der Wunscherfüllung – eine Schwelle der Sehnsuchtsstillung – von so vielen Flehenden und Dürftigen umlagert, dass man wegen des Gedränges der Kranken diesen Genesungsort für das Krankenhaus eines mächtigen Sultans hätte halten mögen. Wie es in einem Liede heißt:

> Wer kann den Moment erpassen,
> An des Kleides Saum zu fassen?

An unsere Kranken kam den ersten Tag die Reihe nicht, sodass sie sich auf den folgenden Morgen vertrösten mussten. Als sie da in der ersten Frühe wiedererschienen, erblickte Merhûma sie hinter einem Vorhange her und erkannte sie alle gleich auf der Stelle. Über die wunderbaren Fügungen Gottes außer sich vor Staunen, warf sie sich nun mit Dankgebeten zur Erde nieder. Alsdann redete sie die Leute an: »Ihr mit mancherlei Krankheiten Behafteten, wisset, dass der Allwahre – der Allheilende, Wunderbare – aus seiner verborgenen Heilkammer meinem, des schwachen Weibes, gesegneten Hauche die Wunderkräfte des Messias verliehen und mir solche Gewalt gegeben, dass nicht bloß euresgleichen, sondern sogar zu des Todes Stufe hingelangten Kranken mein Segen zur Genesung genügt; jedoch will ich nicht hier, sondern in der Gegenwart des Fürsten der Stadt für euch beten, zu welchem wir gleich hingehen wollen.«

Sie sandte darauf dem Fürsten die Nachricht, er möge den Diwan zusammenberufen, was er auch, wohl wissend, dass der segenvolle Besuch der Heiligen ihm Glück bringe, mit der größten Freudigkeit tat. Er versammelte also die Theologen, die Gelehrten und die Ratsherren in dem Diwan, wo alle mit gespannter Aufmerksamkeit der Dinge, die da kommen sollten, harrten.

In den Schleier der Bescheidenheit gehüllt, trat hierauf Merhûma in die Sitzung ein. Sowie sie erschien, erhob sich der Fürst in Person vor ihr und hieß sie auf ein erhöhtes Polster sich niederlassen. Ihr folgten die Kranken, so gut sie konnten, und drängten sich in den Diwan des Fürsten. Merhûma ließ nunmehr den Fessâdj, den Sklaven des Beduinen und den bewussten niederträchtigen Jüngling vortreten und sprach, indem sie aufblickte: »Ihr Muselmanen, hier sind drei Kranke, welche keine Genesung finden konnten und mich deshalb um meine demütige Fürbitte angefleht haben. Durch mein schwaches Gebet wird ihnen, so Gott will, ihr Wunsch gewährt werden; ich werde aber nicht für sie beten, bevor sie bekennen, was für ein Verbrechen sie begangen haben, für das sie mit ihren Leiden zur Strafe behaftet worden sind. Nur wenn sie gesagt, was sie verbrochen, dann bin ich dazu bereit, und möge Gott meine Bitte wirksam sein lassen!« Da sich nun die drei aus Scham weigerten, ihre Verbrechen einzugestehen, fuhr Merhûma fort: »Wenn ihr nicht redet, so bete ich sicherlich nicht. Freilich verhüllt der Allmächtige aus Gnade die Schande der Menschen und liebt diejenigen, welche anderer Schande geheim halten. Was ich hier verlange, geschieht aber auch nicht, um eure Vergehen zu offenbaren, sondern um den heiligen Eifer und die Allmacht Gottes darzutun. Ihr sollt daher«, schloss sie, mit dem Fuße stampfend, »sagen, was vorgefallen ist.«

Da die drei Sünder nun nicht mehr umhinkonnten, sich ihrem Willen zu fügen, öffnete zuerst Fessâdj seinen Mund und erzählte, wie sein Bruder Merdi-Salih sich auf die Wallfahrt nach Mekka begeben und seine Frau ihm anvertraut habe, wie er treulose Absichten auf letztere gehegt, wie sie ihm widerstanden und wie er sie unter Vorbringung falscher Zeugen verleumderischerweise des Ehebruchs beschuldigt und ihre Steinigung veranlasst habe. Dies alles erzählte er des Umständlichsten, und der ganze Diwan war dabei ebenso von Bewunderung für die Frömmigkeit jener Frau als von Abscheu vor der Schlechtigkeit des Fessâdj ergriffen.

Der Sklave des Beduinen war der Zweite, den die Reihe traf. Auch er bekannte Punkt für Punkt sein Verbrechen und seine Arglist.

Zuletzt kam auch die Reihe an den niederträchtigen Jüngling. Dieser erzählte, dass er gegen eine Frau, welche ihn vom Galgen gerettet, treulos gehandelt und sie nachher für zehntausend Goldstücke verkauft habe.

Alle Anwesenden waren über diese Geschichte höchlich verwundert und verfehlten nicht, sie sich zum abschreckenden Beispiel dienen zu lassen. Merhûma aber erhob sich und sprach zu der Versammlung: »Ihr Muselmanen, nun wisset, dass jene furchtbar verleumdete, von mannigfachem Unrecht betroffene, nachher aber durch Gottes Allmacht aus den Krallen dieser Ruchlosen frei gewordene Merhûma niemand anders ist als ich selbst. Um meiner Unschuld willen hat der Allpreiswürdige mich von ihrer Bosheit in einer Weise erlöst, dass, die es sehen, sich daran ein abschreckendes Beispiel nehmen, und die es erzählen hören, es sich als Vermahnung dienen lassen. Zu diesem Zwecke habe ich von ihnen das Bekenntnis ihrer Verbrechen verlangt, denn es ist der allgewaltige Rächer, welcher sie alle schon in diesem Erdenleben dahin gebracht hat, dass sie zuletzt meiner schwachen Fürbitte bedürftig wurden. Dieser Mann hier ist Merdi-Salih, mein rechtmäßiger Gatte. Zur Genesung der drei Kranken fehlt nur, dass ich ihnen verzeihe. Mögen sie also im innersten Herzen Buße tun und Gottes Barmherzigkeit anflehen! Ihre Schlechtigkeit und ihr Verbrechen gegen mich verzeihe ich.«

So sprach sie. Da senkte sich die Barmherzigkeit Gottes auf die Übeltäter, also dass sie sich auf den richtigen Pfad leiten ließen und von ganzem Herzen und ganzer Seele Buße taten. Gott ließ sie darauf von ihren Leiden gesunden – und heil werden ihre Gebrechen und Wunden, sodass sie wohl und munter in ihre Heimat zurückkehrten. Die Frau Merhûma aber und ihren frommen Gatten behielt der Fürst der Stadt drei Tage lang in seinem Palast zurück, um sie zu bewirten und mit Ehren aller Art zu überhäufen. Alsdann machte er ihnen kostbare Geschenke und entsandte sie froh und zufrieden nach ihrem Vaterlande, wo sie bis an das Ende ihrer Tage in Glück und Ruhe lebten. Diese wunderbare Geschichte aber ist von ihnen als ein Andenken geblieben.

»Hieraus siehst du«, fuhr die Frau des Kriegers fort, »dass wie die Untugend, so auch die Tugend aus dem Innern des Weibes stammt und dass, wo letztere fehlt, alle Wachsamkeit des Mannes umsonst ist. So mach dich denn an irgendeine nützliche Tätigkeit, auf dass du nicht unter deinesgleichen getadelt werdest! Soll ich dich noch mehr beruhigen, so komm, hier gebe ich dir eine Rose; nimm sie und hüte dich wohl, sie abhanden kommen zu lassen, denn solange du sie frisch siehst, soll sie dir ein Beweis meiner Unschuld und Reinheit sein; siehst du sie aber verwelkt, dann wisse, dass ich – wovor mich Gott bewahre – mich treulos an deiner Ehre vergangen und den Pfad des Lasters betreten habe. So sei denn von heute an meinethalb unbesorgt, und suche einen erlauchten Herrn auf, dem du dienest.«

Der Krieger lobte die Worte seiner Frau, stand, ihrem Rate Folge leistend, auf und begab sich zu einem gnadenreichen Königssohne, der in der Nähe lebte. Es gelang ihm, sich daselbst alsbald anwerben zu lassen. Seine Dienste waren dem Königssohne angenehm, sodass er ihn vor allen seinen Kameraden mit Gunstbezeigungen und Wohltaten überhäufte. – Begab er sich morgens in den Empfangssaal des Prinzen, so führte er die ihm von seiner Frau geschenkte Rose immer bei sich. Der Prinz, der dies bemerkte, meinte, er pflücke sich immer frische Rosen aus dem Garten, und fragte nicht weiter danach. Als aber der Frühling vorüber war und die heiße Jahreszeit kam und der Krieger noch immer wie vorher vor dem Prinzen mit einer frischen Rose erschien, da wunderte sich letzterer und fragte ihn eines Tages: »Aus welchem Garten pflückst du diese Rosen? Wahrhaftig, das sollst du mir sagen!« – Indem er so in ihn drang, konnte der Krieger nicht umhin, die Wahrheit einzugestehen; er erzählte demnach seine ganze Geschichte, welche er mit den Worten schloss: »Solange diese Rose saftig und frisch ist, bin ich von meines Weibes Treue überzeugt.«

Bei dieser offenherzigen Mitteilung brach der Königssohn in ein lautes Spottgelächter aus und rief, mit den Händen auf die Knie sich schlagend: »O Kriegsmann, ich hielt dich für einen vernünftigen Menschen und sehe jetzt, dass du gewaltig dumm bist. Nicht nur hast du das Unglück, eine arglistige Frau zu besitzen, sondern noch dazu hältst du offenbaren Trug für Wahrheit. Schäme dich, du Narr! Deine fromme und tugendhafte Gattin, wie du sie nennst, ist ja eine großartige Hexe, dass sie durch Zauberei solch eine Rose hervorzubringen und dich damit zu täuschen vermocht hat. Durch ihre Zauberkünste sicher gemacht und von ihrer Reinheit überzeugt, sitzest du nun hier in aller Sorglosigkeit, während sie unbeachtet, ganz wie es ihr gefällt, umherstreicht und eine Sünde über die andere begeht.« Mit zahllosen Worten dieser Art verhöhnte der Prinz den Krieger und zieh ihn großer Dummheit. Es stand aber nicht in des Letztern Macht, ihm bittere Antworten zu geben, sodass er unwillig schwieg. – Bald darauf trennte sich die Versammlung; der Königssohn ging in den Harem, und seine Diener begaben sich je nach ihrer Wohnung.

Dem Prinzen aber lag noch immer die Rose des Kriegers im Sinne; er wünschte, einerseits die Richtigkeit seiner Worte und andererseits die Hexerei und die Schlechtigkeit des Weibes an den Tag zu bringen, und geriet daher auf viele böse Gedanken. Zuletzt gab er folgendem Plane den Vorzug.

Es befanden sich in seinem Dienste zwei Brüder, Hasîb und Nesîb genannt – als gescheit und listig wohlbekannt – zwar jung an Jahren – aber in allen Dingen wohl erfahren – und wie Greise – so weise. – Diese berief der Prinz zu sich, teilte ihnen seine Gedanken mit und fragte sie, was in der Sache zu tun sei. »Mein Herrscher«, antwortete Hasîb, »ich finde darin gar keine Schwierigkeit. Ich werde hingehen und mich nach der Frau erkundigen; vielleicht gelingt es mir sogar, mich bei ihr in Gunst zu setzen.« – Er erbat sich demnach eine Frist von fünfzehn Tagen und machte sich alsbald verkleidet auf den Weg nach der Stadt des Kriegers.

Daselbst angekommen, stieg er in einer Herberge ab und begab sich noch denselben Tag in ein Kaffeehaus, wo er mit einigen jungen Leuten bekannt wurde. Wie es im Sprichwort heißt: ›Ein Wort führt auf das andere‹, so brachte Hasîb die Rede auf die Schönheiten der Stadt, und die jungen Leute teilten ihm mit, es gebe dort ein altes Weib, welches die Augenlider mit Kohle geschwärzt und die Hände mit Henna gerötet, in der einen Hand einen Stab und in der andern fünfhundert Rosenkränze tragend, bei Tage und bei Nacht betend und seufzend umhergehe, sodass jemand, der nur auf das Äußere sehe, sie um ihren Segen bitten und ihre Hände küssen möge. Diese Alte habe aber das Glück unzähliger Familien zerstört, indem sie die frommen und tugendsamen Frauen vom rechten Weg abführe und zum Gespötte der Welt mache. Sie ist, schlossen sie,

Baumeisterin Scheddâds in der Betörung Reichen,
Die große Lehrerin Satans, des Ränkereichen!

Da sie solchergestalt die verfluchte Alte lobten, als gäbe es ihresgleichen nicht mehr auf der Welt, verließ Hasîb, als hätte er das Heilmittel gegen seine Bekümmernis entdeckt, rasch die Versammlung, suchte die Hexe auf und bat sie unter Versprechung reichlichen Lohnes, sie solle die Frau des Kriegers in ein Liebesverhältnis mit ihm verwickeln. – Die Alte übernahm dies gern; eiligst begab sie sich zu dem Zwecke nach dem Hause des Kriegers und begann mit der tugendhaften und treuen Frau ein Gespräch, in welchem sie bald hier, bald da auf Dinge kam, welche zum Bösen reizen. Die Frau war aber nicht bloß sittsam und fromm, sondern zugleich sehr klug; sie begriff alsbald vollkommen den Zweck der teuflischen Reden, welche die Alte ihr hielt. Dennoch widersprach sie ihr nicht, vielmehr kam sie ihr durch eine listige Antwort gleichsam entgegen, sodass die Alte, anstatt Widerstandes nur ein beistimmend freundliches Gesicht findend und daher überzeugt, dass sie die junge Frau überredet habe, den eigentlichen Zweck ihres Besuches und ihre Wünsche auseinanderzusetzen anfing. – »Ach!«, rief sie aus, »du Rose von der Lieblichkeit Rosenbeet – du Garten, von welchem der Duft der Anmut weht – ist es nicht unerhört in dieser vergänglichen Welt, dass ein reizendes Herzchen wie du gleich einer alten Frau ohne Mann dasitze und in der Einsamkeit nicht einmal einen Freund habe, der ihr die Sorgen verscheuche? – Zumal da an deinen Rosenwangen – Tausende mit Liebe hangen – und in deinen Locken – Hyazinthenglocken – Legionen von Sehnsüchtigen sind gefangen! – So viele ihrer aber auch sind – unter ihnen ist einer, mein Kind – dem keiner seiner Gesellen – an Liebreiz zur Seite zu stellen – gefes-

selt ohn' Erretten – in deiner Liebe Ketten – ein Jüngling so schön – wie ich keinen gesehn – mein ganzes
Leben – und wie es auch nie seinesgleichen gegeben – es
strahlt seines Antlitzes Pracht – wie am Himmel der
Mond bei Nacht – er ist vom Haupte bis zum Fuß – ein
verkörperter Schönheitsgenius, – sodass man auf ihn
folgende Verse gedichtet hat:

> Wenn der kampferweiße Nacken
> Und das leuchtende Gesicht
> Aus des Kragens schwarzem Zobel
> Sich erhoben hat, da spricht
> Jeder, dem's das Schicksal gönnte,
> Ihn zu sehn: Der Sonne Licht,
> Der gewaltige Schmuck der Welt, die
> Finsternis der Nacht durchbricht!

»Aber«, fuhr sie fort, »nicht allein ist er unvergleichlich
schön, er ist auch außerordentlich reich, sodass er selbst
das Maß seiner Schätze nicht kennt. Deiner Schönheit
Perle zu kaufen, würde er sie aber alle hingeben, da er
wie verstört – von Liebesschmerz betört – in der Welt
umherirrt. Er hat mich zu dir gesandt und wartet auf
Bescheid.«

Auf diese Rede antwortete die tugendhafte Frau:
»Ach, mein Mütterchen, deine Worte sind mir aus der
Seele gesprochen! Einen lieblichen Jüngling an meine
Brust zu drücken, ist längst mein innigster Wunsch,
aber – wie sollte ich es anfangen? Wem sollte ich mein
Geheimnis anvertrauen, wem davon sagen? Bring mir

also den jungen Menschen her, den du beschrieben hast; ich möchte ihn sehen, und wenn sein Äußeres mir gefällt, vortrefflich! Wo aber nicht, so will ich nichts von ihm wissen, und wenn er soviel Reichtum besäße, um die ganze Welt zu kaufen.« – Schnell eilte darauf die Alte zu Hasîb und brachte ihm die frohe Botschaft, dass mit seiner Geliebten die Verabredungen getroffen seien und dass er sie zuvorkommend und gehorsam finden werde. »Zunächst aber«, fügte sie hinzu, »wünscht sie dich zu sehen.«

Hasîb erhob sich demgemäß und ging nach der Wohnung der tugendhaften Frau, um sich ihr zu zeigen. Sie ließ sich sogleich auf ein Zwiegespräch mit ihm ein, welchem niemand sonst beiwohnte. »Fürwahr«, sagte sie ihm, »du meiner Seele Wonne und Lust – du Freud und Erquickung meiner Brust – ganz meinen Wünschen gemäß hat der Allmächtige deinen reizenden Körper erschaffen. Deine Liebe ist mir in die Seele gedrungen – sie hat mein Herz bezwungen. Da ich aber noch mit niemandem ein zartes Verhältnis gehabt habe, so müssen wir unsere Geschichte sorgfältig verborgen halten, sie muss ganz unter uns beiden bleiben, und auch die Alte darf um das Geheimnis nicht wissen. Das Beste und Klügste wäre, du gingest gleich jetzt mit Gott zu ihr und sagtest ihr: Die Frau des Kriegers, die man dir als so schön gerühmt, habe dir durchaus missfallen; man habe sie dir sehr gepriesen, aber du fändest sie hässlich, und morgen gedächtest du nach deiner Heimat zurückzureisen. Damit gib ihr etwas Geld und schicke sie fort. Am Abend aber nimm deine Sachen und komm hierher!«

Hasîb fand bei dem Vorschlage kein Bedenken; er ging nach seiner Herberge, entließ die Alte und begab sich mit einbrechender Nacht zu der Frau des Kriegers. Diese setzte ihm eine Mahlzeit vor und befahl ihrer Magd, sie solle, wenn er nach beendigter Mahlzeit sich gewaschen und, um sich zu Bett zu legen, seine Kleider auszuziehen anfange, auf einmal an die Tür klopfen, dann plötzlich in das Zimmer gerannt kommen und ihr zurufen: Ihr ältester Bruder sei da, sie möge ihr daher den Schlüssel zur Tür geben. Also instruierte sie die Magd, während Hasîb sich mit Essen beschäftigte. Als er aber eben fertig war und nun sein Oberkleid ablegte, wurde plötzlich an die Haustür geklopft, und die Magd trat eiligst mit den Worten herein: »Dein älterer Bruder ist gekommen!« – Bei dieser Nachricht machte die Frau vor Hasîb ein betrübtes Gesicht; dieser aber fragte bestürzt: »Was soll nun aus mir werden?« – »Ängstige dich ja nicht«, antwortete die Frau, »und sei nicht traurig! Meine Brüder wohnen auf dem Lande und kommen nur selten, in vierzehn Tagen einmal, zu mir; dann bleiben sie auch nur eine Nacht und verlassen mich in der Frühe wieder. Jetzt muss ich dich aber an einem verborgenen Ort verstecken!« – Mit diesen Worten steckte sie ihn in ein Magazin, das sie hatte, und schloss hinter ihm zu.

Hasîb musste nun jene Nacht in besagtem Magazin halb nackend, ohne Bett, ohne Decke, auf der bloßen Erde schlafen; ihm war, als wenn er in ein Meer von Gram und Sorgen versenkt würde. Die alte Kupplerin meinte, er sei nach seiner Heimat zurückgekehrt, und bekümmerte sich nicht weiter um ihn. Er aber war lebendigen Leibes in das Grab gestiegen und musste nun, so gut es ging, auf Steinen sich streckend – auf Staub sich reckend – die Nacht hinbringen. Als es aber Morgen geworden war, trat die tugendhafte Frau an die Tür des Magazins und rief ihm zu: »O du Knecht der Lüste und der Leidenschaft – willst du Erlösung aus deiner Haft – da musst du mir in Wahrheit entdecken – in welcher Absicht und zu welchen Zwecken – du diese Reise unternommen – und aus welchem Lande du gekommen – du sollst sagen, was dich bewogen – dass du so weit kamst hergezogen. – Denn gleichwie es im Sprichwort heißt: ›Nur Wahrhaftigkeit rettet‹, so wirst du nur durch ein aufrichtiges Geständnis deine Freiheit erlangen. So du dich aber auf den Pfad der Unwahrheit begibst und Lügen redest, so wird es dir nach dem Spruche ergehen: ›Die Lüge ist das Verderben‹; denn beim Allmächtigen! ich werde dich so sehr zum Gespött der Welt und so verrufen machen, dass du nicht bloß im allgemeinen den Menschenkindern, sondern sogar den ärgsten Lustvögeln zum abschreckenden Beispiel dienen sollst.«

Mit tausendfachen Drohungen dieser Art ängstigte sie den armen Hasîb, welcher völlig den Mut verlor. Er sandte laute Seufzer zum Himmel, aber wohl wissend, was Böses er ferner zu gewärtigen habe, und nur in einem wahrhaften Geständnis sein Heil sehend, erzählte er umständlich, wie er im Auftrage des Königssohns gekommen sei.

Die tugendsame Frau hörte die Geschichte an und ergoss sich in heißem Dank gegen den Allmächtigen. Dann sprach sie zu Hasîb: »Sei nicht betrübt oder ungeduldig; wir müssen doch sehen, was bei dieser Angelegenheit herauskommt. So Gott will, gebe ich dir die Freiheit wieder. Aber erst merke:

> Hin zum Lustort will ich gehn
> Und die schönen Leute sehn,
> Sehn, was ich in der Geschicke
> Spiegel für ein Bild erblicke!

Darum halt dich ruhig.« – Mit diesen Worten verschloss sie wieder fest die Tür und ließ ihm nur so viel Brot und Wasser reichen, dass er nicht Hungers starb.

Also standen hier die Sachen. Um aber wieder auf den Königssohn zu kommen, so lebte derselbe in der Hoffnung, dass Hasîb seinem Versprechen gemäß in fünfzehn Tagen zurückkommen werde. Diese Zeit verstrich, es wurden zwanzig, ja dreißig Tage, und noch immer ging es nach dem Verse:

> Auf der Straße weilt mein Auge,
> Aber leider nichts
> Kündet mir die Wiederkehr des
> Holden Mondgesichts.

Indessen wurde seine Erwartung von Tag zu Tag gespannter, und der Verdruss über die Beschämung raubte ihm alle Ruhe. Endlich berief er den Nesîb zu sich und sprach zu ihm: »Wie steht's denn um unsere Sache? Es ist nun ein ganzer Monat, dass Hasîb, dein Bruder, spurlos verschwunden und auch nicht die geringste Nachricht von ihm eingetroffen ist; – der Schmerz um ihn bringt mich um! Ihr habt meinen Befehl nicht ausführen können, aber die Sache soll doch an das Licht gebracht werden; es soll sich zeigen, was daran ist.«

Als Nesîb seinen Herrn in dieser Verlegenheit sah, sprach er: »Sei nicht bekümmert, Herr; die Angelegenheit hat gar keine Schwierigkeit, deshalb beruhige dich. Mit deiner hohen Erlaubnis will ich hingehen und dir nicht allein Nachricht von Hasîb bringen, sondern mir auch die Gunst der Frau des Kriegers erwerben. Dann soll es dir an Aufschluss über ihre Versündigungen nicht fehlen. Binnen fünfzehn Tagen komme ich zurück.« – Damit nahm er von dem Prinzen Urlaub und reiste ohne Wissen des Kriegers ab.

Nach wenigen Tagen langte er in dem Wohnorte des Letzteren an. Beim Umhergehen gelangte er an das Kaffeehaus, in welchem Hasîb früher mit den jungen Leuten Freundschaft geschlossen hatte. Dieselben erblickten ihn, und da sie ihn für seinen Bruder hielten, dem er außerordentlich ähnlich sah, so redeten sie ihn als alten Bekannten an. Im Gespräch ergab sich indessen bald, dass sie nicht den Hasîb, sondern dessen Bruder vor sich hatten, und als solchem begegneten sie ihm mit aller Höflichkeit; ja, als sie von ihm erfuhren, dass er ähnliche Wünsche habe wie früher sein Bruder, so verwiesen sie ihn auf dieselbe alte Frau, von der bereits die Rede gewesen ist.

Diese suchte Nesîb also auf, erzählte ihr, dass er sich in die Frau des Kriegers verliebt habe, und bat sie unter den schönsten Versprechungen, ihm doch ihre Bekanntschaft zu verschaffen. »Mein Sohn«, antwortete ihm die verfluchte Alte, »schon vor dir hat ein schöner junger Mann ein Verhältnis mit dieser Frau anzuknüpfen gesucht, und ich hatte es auf mich genommen, sie gnädig für ihn zu stimmen. Nachdem aber der Liebhaber die Schöne gesehen, ließ er sie nach wenigen Tagen sitzen und sagte mir: Sie sei nicht nach seinem Geschmack. Möchte sie nun doch in deinen Augen immer eine Schirin sein und meine Mühe nicht verlorengehen.«

Damit begab sich die Alte nach dem Hause des Kriegers, wo sie von der klugen Frau wiedererkannt und auf das Zuvorkommendste aufgenommen wurde. Das alte Scheusal öffnete dann den Hexenkessel, seinen Mund, und hub an, ihr Nesîbs Wünsche darzulegen, indem sie sprach: »Da ist wieder ein treuer Liebhaber gekommen, der auf deine Gunst hofft.« – »Ach Mütterchen«, antwortete ihr die junge Frau, »ich möchte mich dir nie widerspenstig zeigen; aber du weißt, dass du mir schon früher einmal einen Jüngling zuführtest, für den ich, als ich kaum auf den Mond seiner Schönheit den Blick geworfen hatte, in Liebe entbrannte. Seit jenem Tage habe ich aber nichts mehr von ihm gesehen. Ein bekanntes Sprichwort sagt: ›Die Jugend ist unbeständig‹. Darum sei doch so gut und freundlich, und verschone mich in Zukunft mit solcher Liebesnot – sie einmal gekostet zu haben, genügt mir.« – »Mein Lämmchen«, entgegnete die Alte, »ich habe mich wegen der Unbeständigkeit jenes Treulosen tief vor dir geschämt; aber ich hoffe, dieser neue Liebhaber wird nicht wie der Frühere ausfallen.« – »Nun«, erwiderte die tugendsame Frau, »einmal mag er nur kommen, damit ich ihn sehe!«

Die Alte machte sich nun auf, den Nesîb zu benachrichtigen, welcher sich alsbald nach dem Hause der listigen jungen Frau begab. Nach der Begrüßung sagte Letztere zu ihm dasselbe, was sie dem Hasîb gesagt hatte: »Niemand darf unser Geheimnis wissen, darum tue so und so, damit wir zunächst die Alte loswerden.« – Damit schickte sie ihn heim. – Er kehrte also nach seiner Herberge zurück, wo er der Alten sagte: Man habe ihm, die junge Frau über Gebühr gelobt, er finde sie nicht so schön, und sie sei nicht nach seinem Geschmack. Dann gab er ihr etwas Geld und ließ sich nicht mehr bei ihr sehen. Sobald es aber Abend geworden war, nahm er all sein Geld und seine Sachen und kam damit nach dem Hause des Kriegers. Die Frau machte es nun wieder ganz so mit ihm, wie sie es mit Hasîb gemacht hatte. Als er eben seine Mahlzeit beendigt, ließ sie an die Tür klopfen und sperrte unter dem Vorwande, ihr Bruder sei gekommen, den Nesîb in dasselbe Magazin, in welchem sie bereits den Hasîb gefangen hielt. Nesîb trat ein und erblickte da im Winkel des Kerkers den Hasîb – die Brüder erkannten sich, umarmten einander und schüttelten, bitterlich weinend, ihren Herzenskummer gegeneinander aus.

Also saßen beide gefangen. Der Königssohn aber wartete auf den Nesîb fünfzehn Tage lang und geriet, da keine Spur von einer Nachricht über ihn eintraf, in die äußerste Unruhe, ja, er beschloss endlich, selbst hinter ihm herzureisen. Er teilte nun dem Krieger mit, dass er eine Vergnügungsreise nach dessen Vaterstadt machen wolle, worauf jener mit den Worten: »Sei dort willkommen!« antwortete. – Man traf also die Vorkehrungen zur Reise, und beide, der Prinz und der Krieger, machten sich selbander auf den Weg. Letzterer gelangte einen Tag früher nach seinem Hause, um seine Frau von dem bevorstehenden Besuche zu benachrichtigen; nachdem der Königssohn angekommen, ließ er ihn in seinem Hause absteigen und bemühte sich, alles anzuschaffen, was die Gastlichkeit erheischte. Für den Abend richtete die Frau ein herrliches Mahl zu, wert, einem Könige vorgesetzt zu werden, und erzählte mittlerweile ihrem Eheherrn auf das genaueste alles, was ihr zugestoßen war. »Ich habe die Beiden noch im Gefängnis«, schloss sie ihre Mitteilung, »aber hüte dich wohl, dir etwas merken zu lassen.«

Während sich nun der Königssohn zur Tafel niedersetzte, ging die tugendhafte Frau an die Tür des Magazins, rief den Hasîb und Nesîb an die Pforte und sprach zu ihnen: »Heute ist ein vornehmer hochverehrter Freund bei mir zu Gaste, und ich bedarf dringend einiger Aufwärter. Wollt ihr nun aus eurer Haft erlöst werden, so kommt, ich lasse euch Weiberkleider anziehen, und ihr seid als Sklavinnen des Dienstes beflissen. Nachher gebe ich euch dann die Freiheit.« – »Von Herzen gern«, antworteten die beiden Brüder. Alsbald legten sie weibliche Kleidung an, nahmen Schüsseln mit Speisen in die Hand und trugen sie in das Gemach, wo sich der Prinz befand. Wie sie aber diesen nebst dem Krieger erblickten, waren sie außer sich vor Beschämung und standen wie versteinert da; der Prinz seinerseits war ebenfalls nicht wenig verwundert, sie in diesem Aufzuge wiederzufinden; er rief sie demnach zu sich und fragte sie, wie es ihnen ergangen. – Hasîb und Nesîb erzählten nun alles, was sich mit ihnen zugetragen, und lobten und priesen dabei ebenso sehr die Frömmigkeit als die Feinheit und den Verstand der Frau des Kriegers.

Der Königssohn aber, der nicht an ihre Tugend geglaubt und sie im Gegenteil für eine Sünderin gehalten hatte, schämte sich auf das tiefste vor ihr. Auch suchte er sein Unrecht wieder gut zu machen, indem er sie mit Wohltaten überhäufte und ihr alles, was er an Geld und Kostbarkeiten bei sich trug, zu rechtmäßigem Eigentum verehrte. Den Krieger aber machte er zu einem seiner Hofleute.

»Ich fürchte nun, o Mâhi-Scheker«, so schloss der Papagei, »dass du auch vor deinem Geliebten beschämt dastehen wirst, wie jener Königssohn vor der Frau des Kriegers. Sâids baldige Rückkehr ist sehr wahrscheinlich, und wenn er einmal wieder da ist, dann gehen diese Wünsche nicht mehr in Erfüllung. Du solltest dich deshalb mit dem Gürtel des Eifers fest umgürten und so bald als möglich zu deinem Geliebten gehen, sonst wirst du's noch bereuen!«

Mâhi-Scheker hatte kaum diese Worte gehört, als sie
sich lächelnd aufmachte, um zu ihrem Teuren zu eilen.
Aber siehe da! Schon nahte des Morgens Pracht – und
die Verborgenheit der Nacht – wurde durch die aufge-
hende Sonne offenbar gemacht – und gleich Hasîbs und
Nesîbs Geheimnissen an das Licht gebracht. – Der lieblichen Frau Wunsch blieb also abermals unerreicht und
seine Erfüllung auf den folgenden Tag verschoben.

Nun weicht, ihr armen Leute, weicht!
Und sei es euch gesagt,
Es hat der hohe Diwan
Auf morgen sich vertagt!

Nachdem nun der Rest der Nacht und der folgende Tag
verflossen waren, schmückte sich Mâhi-Scheker abermals, um zum Abend bereit zu sein; und kaum war
dieser angebrochen, als sie, voll Sehnsucht nach ihrem
Geliebten, sich zu dem Papagei begab, um dessen Rat
einzuholen. Als sie aber unter den Käfig trat, da fand
sie ihn im Meere der Gedanken versunken und so
regungslos, dass sie anfangs meinte, er wäre gestorben.
Sie näherte sich nun und fragte, woran er denke? »Ach«,
antwortete er, »wenn ich nicht denke, wer wird dann
denken? Seit du mir dein Geheimnis mitgeteilt und du
deinen getreuen Knecht in eine so wichtige Angelegenheit eingeweiht hast – seit jenem Tage habe ich alle
Besinnung verloren und denke nur hin und her, welchen Ausgang diese Dinge nehmen werden.« – »Und
wie meinst du«, fragte Mâhi-Scheker, »dass es kommen
wird?« – »Ich meine und denke«, entgegnete der Papagei, »wenn eure Liebe beiderseitig ist, so ist das ein herrliches Glück; wenn aber die Liebe nicht beiderseitig,
sondern nur auf deiner Seite ist, so verdient der Jüngling nicht, dass du dich nach dem Zusammensein mit
ihm sehnst. Liebe ohne Gegenliebe ist immer etwas
Unvollkommenes, Unerfreuliches – und unfehlbar

Ungedeihliches, so wie auch die Liebe zwischen dem arzneikundigen Papagei und dem Könige, da sie nicht beiderseitig, sondern nur vonseiten des Königs war, nicht zum Gedeihen führte und die Heilung des Königs nicht vollendet wurde.« – »Was ist das für eine Geschichte?«, fragte Mâhi-Scheker, und der Papagei hub zu erzählen an:

Geschichte des Königs und des arzneikundigen Papageien

Im Lande Kamrô lebte ein der Arzneikunde beflissener Papagei, der sein Nest auf einem außerordentlich hohen Baume erbaut hatte und darin einer Familie von fünf bis zehn Jungen teilhaftig geworden war. Es heißt in einem Verse:

Pflegt irgendwo ein Feenangesicht der Ruh,
Da finden bald ein paar Gesellen sich hinzu –

und so hatte sich die Wurzel desselben Baumes ein bos-hafter Schakal zur Wohnung erkoren, welcher auch einige Junge besaß und sie daselbst erzog. Von Zeit zu Zeit ging der Schakal auf die Jagd, und dann stiegen die Jungen des Papageien vom Baume herunter, um mit den jungen Schakalen zu spielen und sich zu unterhal-ten. Da aber der alte Papagei dies sah, fand er, als ein sehr verständiger und einsichtsvoller Vogel, diese Besuche im höchsten Grade tadelnswert und verwerflich; er verbot seinen Kindern jede Wiederholung derselben und sprach zu ihnen im Wege der Vermahnung, indem er sie von den verborgenen Gefahren, die in dieser Welt drohen, unterrichtete: »Ihr meiner Augen Licht, geliebte Kinder! Wollt ihr Umgang haben, so haltet euch doch wenigstens an eure Artgenossen, denn der Verkehr mit fremdartigen Tieren ist nicht von heilsamer Vorbedeutung. Sein Ausgang ist Reue und sein Ende Sünde, das ist sicher! Ihr seid vornehmen Geschlechts, der Schakal aber und seine Familie sind niedriger Abkunft, ihr habt so wenig miteinander zu schaffen wie die Fische im Wasser mit denen des Tierkreises. Möge ich hinfort nicht wieder sehen, dass ihr sie besucht und mit ihnen verkehrt!« – Also vermahnte er sie ernsthaft; die jungen Papageien aber hörten auf seine Worte nicht, sondern ließen von ihrer Gewohnheit, die jungen Schakale zu besuchen und mit ihnen zu spielen, nicht ab. – Der alte Schakal hatte seinen Kindern ganz in gleicher Weise den Umgang mit den Papageien verboten, aber mit ebenso wenig Erfolg.

Als aber nach Gottes Ratschluss der Papagei seine Kinder einmal wieder mit den jungen Schakalen zusammen sah, wurde er sehr zornig und sagte unter anderm, indem er sie mehr als gewöhnlich schalt: »Wer etwas für seinen Stand Unpassendes unternimmt und mit Artverschiedenen verkehrt, ohne auf den Rat wahrhafter Berater zu hören, den trifft dasselbe Unglück, welches den Affen Zeirek durch den Sohn des Schlossvogts betraf.« – »Was ist das für eine Geschichte?«, fragten die Kinder, und der arzneikundige Papagei erzählte:

Geschichte des Affen Zeirek und des Schlossvogtsohns

Wie in alten Büchern überliefert wird, lebte einst ein junger Affe namens Zeirek, der sich als Wohnstätte ein Schloss erkoren hatte. Daselbst befreundete er sich mit dem Sohne des Schlossvogts; beide besuchten einander fast täglich und spielten häufig miteinander Schach, bei welcher Gelegenheit sie sich dann bald zu entzweien und bald wieder zu versöhnen pflegten.

Nun hatte Zeireks Vater einen Freund, der ein äußerst verständiger und gelehrter Affe war; dieser suchte den Zeirek von dem Umgange durch weise Ratschläge abzuhalten, indem er sagte: »Ach Zeirek, wir gehören nicht zu denen, welche mit den Menschen in Genossenschaft treten können. Sucht ein Mensch den Umgang von unsersgleichen, so tut er dies nicht aus Liebe zu uns, sondern um uns zum Narren zu haben und sich über uns zu belustigen; eine zuverlässige Freundschaft hegen die Menschen für uns im Herzen nie. Für den Augenblick mag der Sohn des Schlossvogts wohl mit dir freundlich verfahren und dich vor den Quälereien der Leute schützen; da aber unter euch keine Art Gemeinschaft besteht, so ist eure Freundschaft nicht essentiell, sondern nur akzidentiell und wird bald in Feindschaft umschlagen. Dass Freundschaft einen solchen Ausgang nimmt, ist gar nichts Seltenes, und wenn dann die Feindschaft da ist, da kannst du dich aus den Krallen seiner Ungerechtigkeit nicht mehr retten. Du solltest also, *bevor* das Unglück über dich kommt, ihm vorzubeugen bedacht sein. Denn das gegenwärtige Unglück abzuwehren, ist schwer. Mit einem Wort, ich rate dir, von dem Umgang mit dem Sohne des Schlossvogts abzustehen.«

Diesen wohlgemeinten Rat nahm sich Zeirek nicht zu Herzen, vielmehr setzte er den Umgang und den Spielverkehr fort. Es heißt ja auch: ›Wo das Unglück kommen soll, da ist das Auge blind.‹

Nach Gottes Ratschluss gab der Schlossvogtsohn einmal ein Gastmahl, zu welchem er alle seine Freunde einlud. Als die jungen Leute sich versammelt hatten und die Unterhaltung sich belebte, wurde ein Schachbrett aufgestellt, und der Schlossvogtsohn machte sich nun mit Zeirek daran, eine Partie nach der andern zu spielen. Es war aber von jeher unter ihnen Sitte gewesen, dass, wenn der Schlossvogtsohn gewann, er den Zeirek in scherzhafter Weise neckte, und dass umgekehrt, wenn Zeirek gewann, er den Schlossvogtsohn zum Besten hatte, wie Spielgenossen zu tun pflegen. An jenem Tage gewann nun Zeirek gegen den Schlossvogtsohn und fing dann wie gewöhnlich an, ihn zum Besten zu haben. Da er es aber mit seinen Späßen etwas weit trieb, so wurde sein Gegner sehr zornig, und sich schämend, dass im Beisein seiner Freunde ein so gemeines Wesen wie ein Affe ihn zum Besten gehabt, ergriff er in der Aufwallung den elfenbeinernen König und schlug damit den armen Zeirek so stark auf den Kopf, dass dieser sich spaltete und vom herabströmenden Blute das Schachbrett rubinrot wurde. Darüber erbittert, gedachte nun auch Zeirek der alten Freundschaft nicht mehr, sondern sprang dem Schlossvogtsohn ins Gesicht und verwundete ihn mit Bissen. Dann aber wartete er nicht, bis man etwa riefe: »Heda, haltet ihn!« – sondern er verließ eilig die Gesellschaft und flüchtete sich auf eine Stelle im Schloss, die ihm Sicherheit bot.

Den Schlossvogtsohn aber schmerzte und brannte seine Wunde von Tag zu Tag mehr; alle Mittel, die man anwandte, waren vergeblich, sie wurde immer ärger, bis endlich ein geschickter Arzt aus Griechenland kam, der, nachdem er den Schaden gesehen, sagte: »Diese Wunde ist unheilbar, wofern man sie nicht mit einem Pflaster von dem Blute desselben Affen, der sie gebissen hat, belegt.«

Der Schlossvogtsohn befahl nun, das Schloss von allen Seiten zu umstellen und den armen Zeirek zu fangen. Nachdem dies geschehen, führte man ihn auf den Richtplatz und enthauptete ihn daselbst; aus seinem Blute aber bereitete der Arzt sein Zaubermittel und legte es dem Schlossvogtsohn auf, welcher nach Gottes Willen dadurch seine Genesung fand. Der unglückliche Zeirek verlor also durch den Umgang mit einem artverschiedenen Wesen sein Leben.

»Ihr seht hieraus«, fuhr der arzneikundige Papagei fort, »dass der Umgang mit Ungleichartigen zum Verderben führt, und deshalb rate ich euch, von dem Verkehr mit diesen jungen Schakalen abzulassen, damit ihr es nicht später bereuet.«

Nach göttlicher Schickung ging in einer Nacht der Schakal aus, um für seine Jungen Nahrung zu holen, und da seine Jagd nicht gleich gesegnet war, so musste er länger als gewöhnlich ausbleiben. Unterdessen spürte ein anderes reißendes Tier seinen Gang aus und gelangte an die Wurzel des bewussten Baumes, wo es die jungen Schakale erlegte und verzehrte. Als dann später der Schakal kam und seine Jungen umgekommen fand, hub er an, übermäßig zu klagen, und weinte und heulte so laut, dass alle Schakale in seine Wehklagen einstimmten und Berge und Felsen mit Geheul erfüllten. Als endlich der unglückliche Vater die Begebenheit sorgfältiger erwog, fasste er die Überzeugung, dass die jungen Papageien das Verderben seiner Kinder veranlasst hätten; »denn«, sagte er, »die Leute kommen hierher, weil sie die Stimme der Papageien hören, und da man sie auf ihrem hohen Baume nicht fangen kann, so hat das Unglück meine armen Kleinen betroffen. An den Papageienkindern Rache zu nehmen, ist demnach für mich heilige Pflicht.« – Mit diesem Gedanken wahrte er sorgfältig seinen Groll im Herzen. Aber keine List schlug ihm an, weshalb er traurig und gesenkten Haupts einherging.

Er hatte aber einen Freund, einen Luchs, dem er, als sie einmal zusammentrafen, unter Tränen seinen Gram mitteilte. »Was?«, antwortete ihm dieser, »hast du kein Mittel ausfindig machen können, den Papagei ins Verderben zu bringen? Die List der Schakale ist doch so weltberühmt!« – »Ach mein Bruder«, entgegnete der Schakal, »der Verlust meiner Kinder lässt mich weder denken noch einen Beschluss fassen, ich habe keinen Verstand mehr im Kopfe; was soll ich vornehmen? Sei so gut und gib du mir einen Rat, damit ich mich rächen kann, ohne weiter nachdenken zu müssen.« – Der Luchs antwortete ihm: »Mir fällt kein besserer Rat ein, als dass du dich vor einem Jäger sehen lässest und hinkend, als wärst du verwundet, vor ihm entfliehst. Dies bemerkend, wird er dich für ein leicht zu erjagendes Wild halten und dich begierig verfolgen. In der Flucht führst du ihn dann nach der Wohnstätte der Papageien – dort aber suchst du raschen Laufs zu verschwinden. Sobald dann der Jäger die Hoffnung, dich zu erlegen, aufgegeben, wird er sich ohne Zweifel den Fang der jungen Papageien angelegen sein lassen.«

Dem Schakal gefiel dieser Rat, und er tat, wie ihm der Luchs gesagt hatte. Und wirklich, sowie der Jäger auf dem Baume die Papageien erblickte, lag ihm an der Verfolgung des Schakals nichts mehr, sondern er bemühte sich nur, die Vögel einzufangen. Zufällig führte er ein Netz bei sich; dies warf er auf den Baum, und da es vom Verhängnis einmal so bestimmt war, so geriet die ganze Papageienfamilie in seine Gefangenschaft.

Der arzneikundige Alte erkannte bald, was ihn betroffen, und sprach zu seinen Kindern: »Meine Herzblättchen, das Unglück, das ich befürchtete, ist schon über uns gekommen, und zwar einzig aus dem Grunde, weil ihr mit artverschiedenen Wesen Freundschaft gepflogen habt; dafür ist dies nun der Lohn! Aber Gott hat es einmal so verhängt, was können wir dagegen machen? Gott dem Herrn gehören wir ja. – Jetzt freilich«, fügte er hinzu, »deshalb zu jammern und um Gnade zu flehen, ist überflüssig. Der Weise bestrebt sich, solchen Übeln zu wehren, bevor sie ihn betreffen; sind sie aber doch eingetreten, dann muss man auf feine Weise herauszukommen suchen. Das Klügste ist nunmehr, dass ihr euch alle zu Boden werft und euch stellt, als wäret ihr gestorben; wenn dann der Jäger herankommt und euch tot sieht, dann wirft er euch hinaus. Nur ich will lebendig bleiben, sodass er mich behält, während er sich eurer vermeintlichen Leichname entledigt. Hernach sollt ihr dann aber euch nicht zerstreuen und voneinander trennen, sondern im Fliegen und Gehen hübsch beieinander bleiben. Ich will mich also für euch aufopfern!«

Die jungen Papageien folgten dem Rat und legten sich alle ganz so nieder, als wenn sie gestorben wären, sodass man den geheimnisvollen Spruch: ›Sterbet vor eurem Tode!‹ auf sie hätte anwenden mögen. Gleich darauf kam der Jäger heran; er warf schon aus der Ferne einen Blick auf sein Netz, und siehe da! Es war wie ein Garten im Frühlingsprangen – die grünen Vögel alle gefangen. – Im höchsten Grade vergnügt, trat er näher; da er aber nur unbeseelte Leiber fand – wurde seine Freude in Schmerz umgewandt – und fast wäre auch sein Leib, der kräftig wilde – geworden zu einem leblosen Bilde. – »Aber«, fragte er sich endlich, »sollte denn in gar keinem eine Spur des Lebens zurückgeblieben sein?« – Er sah nach und fand außer dem arzneikundigen Alten alle tot, weshalb er sie, nachdem er jenen in die Hand genommen, wegwarf. Kaum war dies geschehen, da sah er, wie die als tot weggeworfenen Vögel alle wieder die Flügel öffneten und aufflogen. »Gott steh uns bei«, rief er bei diesem Anblicke aus, »da bin ich einmal einfältig gewesen! Die klugen Papageien, mit denen ich Geld hätte verdienen können, sind davongeflogen; nur dieser Vogel ist geblieben, offenbar weil er zu dumm ist, um auch eine List ausführen zu können. Was wird *der* mir nun einbringen, der verächtliche elende Unglücksvogel? Hätte ich aber nicht mehr Aufmerksamkeit auf die Sache wenden und, anstatt nur von ferne zu sehen, diese Papageien sorgfältig untersuchen sollen? So ist es ihnen gelungen, mich zu hintergehen! Nun will ich mich aber wenigstens rächen, indem ich diesen hier umbringe.«

Mit diesen Worten hob er ihn auf und wollte ihn eben auf den Boden schleudern, als der arzneikundige Vogel voll Angst schrie: »Um des Himmels willen, halt ein und vernichte dein Eigentum nicht!« – Da konnte es der Jäger nicht über sich bringen, seinen Vorsatz aus-zuführen, sondern hielt ihn weiter in der Hand. Der Papagei ratschlagte nun bei sich selbst und sprach in seinem Herzen: »Es ist ein Missgeschick, dass ich in Gefangenschaft geraten bin; außer Geduld und Dank-barkeit gegen den Allgütigen hilft mir in dieser Lage nichts. Wenn ich nun aber dem Jäger von meinen aus-gezeichneten Geistesgaben nichts merken lasse, so hält er mich für wertlos und verkauft mich für wenig Geld an irgendeinen unwissenden Armen – und dann kann ich bis an den Tod in Elend und Dürftigkeit leben. Auch ist es da unmöglich, je aus der Gefangenschaft freizu-kommen. Es scheint mir daher verständiger, dass ich ihn von meiner Tüchtigkeit in Kenntnis setze, auf dass, wenn er sieht, was ich vermag, er mich nicht billig fort gibt. Wenn mein Preis so hoch ist, dass so leicht nicht jemand ihn zu zahlen vermag, dann kauft mich ohne Zweifel irgendein Großer des Reichs, der Wesir oder gar der König. Ist mir dann mein Gestirn günstig, sodass ich dem Könige wohlgefällig werde, o dann wird die schönste Glückseligkeit mir zuteil, Wohltaten werden auf mich gehäuft, und selbst meine Freilassung darf ich von der Gnade des Königs erwarten. Und werde ich auch nicht frei, so bin ich doch zufrieden; denn es heißt:

Wer in Königs Diensten weilt,
Hat sein Glück schon halb ereilt –

Königen dienen bringt Ehr und Freud – in Zeit und Ewigkeit – ja man sagt, dass einem Könige ins Angesicht zu schauen vor Gott einem Gebete gleich gilt. Die aber mit wahrhaftem Herzen und treuen – sich dem Dienst des Königs weihen – die werden – schon hier auf Erden – glänzen vor ihren Genossen – da drüben aber wird auf sie gegossen – die Gnade des Allbelohnenden – Erbarmenden, Hochthronenden. – So will ich also meine Vorzüglichkeit und meine Talente dem Jäger zu wissen geben.« – Damit seinen Mund erschließend – und gleichsam einen Perlenregen von Worten ergießend, hub er an: »O Jäger, durch das von Gott über mich verhängte Geschick bin ich dir zugefallen. Ich bin in jeder Lage mit meinem Schicksal zufrieden, und ich rate dir, dich auch wegen der entflohenen Papageien nicht zu betrüben. Sich um ein verlorenes Glück zu grämen, ist Torheit; denn mehr, als das Schicksal ihm

zugemessen, gewinnt niemand. Sagt ja doch der Allherrliche, Allmächtige in seinem erhabenen Buche*:
›Wir haben unter sie ihren Lebensunterhalt verteilt‹, so
wie er auch schon in der anfangslosen Ewigkeit das
Schicksal jedes Wesens bestimmt und verhängt hat.
Auch waren die entflohenen Vögel unnütze Tiere und
müßige – ja völlig überflüssige – welcher Nutzen ließ
sich von ihnen erwarten? Was sie allesamt vermögen,
das vermag ich allein: ›Vierzig Sperlinge‹, sagt das
Sprichwort, ›geben noch keine Pastete‹. Ich aber bin ein
geschickter Arzt, ein Meister der Weltweisheit, und
dabei ein treuer Diener. Mit Gottes Gnade bereite ich
Heilmittel, wie kein menschlicher Arzt sie bereitet. Deshalb hüte dich wohl, mich für ein Geringes zu verkaufen. Nein, sehr teuer verkaufe mich, und lass dir das
Geld als Notpfennig dienen, um auch deinerseits von
der Krankheit der Armut zu genesen.«

Gar viele weise Reden dieser Art trug der Papagei
dem Jäger mit solcher Beredsamkeit vor, dass letzterer
staunend zuhörte. Mit unendlicher Freude und Lust
brachte er dann den Vogel auf den Markt und ließ ihn
durch einen Mäkler mit den Worten ausbieten: »Dieser
Papagei behandelt Kranke und macht sie genesen – er
ist gelehrt und viel belesen – in der Kunst der Unterhaltung geschickt – ein Dichter, dem nie ein Vers miss-
glückt.« – Sooft nun jemand sich dem Käfig näherte,
jene Worte hörte und den Vogel lieb gewann, wurde
dessen Preis um so höher, weshalb denn auch mehrere

* Im Koran, Sur. 43, 31.

Tage verstrichen, ohne dass jemand den Preis zahlen und ihn kaufen konnte.

Es litt aber der König jener Stadt an einer Krankheit, welche kein gelehrter Arzt zu heilen vermochte, was ihn sehr betrübte. Kaum hatte derselbe gehört, dass ein Papagei, der sich auf die Arzneiwissenschaft verstehe, ausgeboten werde, als er bei sich selber dachte, dass vielleicht der Allmächtige, der allein die Krankheiten zu heilen vermag, ihm auf diese Weise die Genesung geben wolle; er ließ deshalb nach dem Preise des Vogels fragen und kaufte ihn. Da man ihn nun hergebracht hatte und er seine liebliche Rede vernahm, freute er sich und ließ sogleich einen goldenen, mit Edelsteinen ausgeschmückten Käfig anfertigen, um den Vogel hineinzusetzen; auch ließ er ihm allerlei Speisen bringen und gab sich die größte Mühe, ihm in allem gefällig zu sein.

Der Vogel seinerseits begann den König in seiner Krankheit zu behandeln und ließ ihn allerlei Opiate und Tinkturen zu sich nehmen, die nach seiner Vorschrift bereitet worden waren. Diesen Mitteln wich die Krankheit des Königs, und von Tag zu Tag wurde sein Befinden besser. Da sich ihm nun die Worte des Papageien bewährten, so wuchs sein Wert und sein Ansehen stündlich.

Des Papageien Herz und seine Gedanken waren aber einzig mit seinen Kindern beschäftigt, sodass der kostbare Käfig für ihn nichts als ein Gefängnis war. »Dass ich«, sprach er bei sich selbst, »den König in seiner Krankheit behandle, hat mir allerdings seine Neigung und Liebe erworben. Aber er wird mir deshalb die Freiheit nicht schenken, ja auch meine Kinder zu besuchen, wird er mir nicht gestatten. Er ist wohl mein Wohltäter, auch führt sein Dienst zu hohen Ehren, und seine Fürbitte genügt mir zur Seligkeit. Aber ›Heimatliebe gehört zu den Glaubensartikeln‹, sagt das Sprichwort! Die Sehnsucht nach meinem Vaterlande hat sich nun einmal meiner Seele eingeprägt, und wenn ich daher auf gute Art durch eine feine List mich aus der Gefangenschaft im Käfig befreien und in meine Heimat zurückkehren kann, so ist das gewiss verständig.«

Nachdem er dies alles erwogen, ließ er eine Salbe bereiten, welche die Krankheit des Königs vertreiben sollte. Die geschicktesten Ärzte fertigten dieselbe nach seiner Vorschrift an, und nachdem sie dem Könige überbracht worden war, sprach er: »Diese Salbe, o König, muss unter deine Fußsohlen, die Gott segnen wolle, gerieben werden; sie wird auf alle Adern und Nerven einwirken und dich von deiner Krankheit heilen. Aber ich bitte dich, o König, du wollest mich unwürdigen Knecht durch Verleihung eines Amtes ehren, damit ich auch ferner Haupt und Stirn auf deine gesegnete Schwelle legen und damit meine Familie, meine Nachkommenschaft und Sippschaft bis zum Jüngsten Gericht sich dessen rühmen möge.«

Nachdem er diesen Wunsch ausgesprochen, befahl der König, dem es gar nicht mehr in den Sinn kam, dass der Papagei die Flucht ergreifen würde, den Käfig zu öffnen. Kaum aber war dies geschehen und der weise Vogel sah sich frei, als er seinen Flug aufwärts nahm und sich auf das Dach eines Kioschkes niedersetzte.

»O König«, rief er von da seinem Herrn zu, »möge es gefallen dem Erhabenen, Allwahren – meinen edlen Gebieter vor Fehltritten zu bewahren! – Ihm, dem Allherrlichen, sei Lob und Dank heut – dass von deiner Krankheit – jegliche Spur verschwunden – dass du durftest gesunden – und dass von jedem Schaden – dein Körper sich hat entladen. – Deines Brotes hab ich genossen – und mit Wohltaten hast du mich übergossen – vergönne, dass mir's gedeihe – verzeihe, Herr, verzeihe! – Gott sei dein Behüter – mein Gebieter – ich möchte, willst du mir's gewähren – zurück in mein Vaterland kehren!«

Als der König den arzneikundigen Papagei so Abschied nehmen sah, rief er ihm außer sich vor Betrübnis zu: »Hast du denn nicht den Spruch vernommen – ›Eine Wohltat ist nichts, so sie nicht ist vollkommen?‹ – Willst du ändern, was die Überlieferung vorgeschrieben? – Ist nicht dein Dienst mangelhaft geblieben? Für genossene Wohltaten Dankbarkeit zu hegen – und Erkenntlichkeit zu pflegen – allerwegen – ist eine heilige Pflicht. – Du aber gedenkest ihrer nicht – du verlässest mich Elenden, Armen – und unternimmst ohn' Erbarmen – was deinem Wohltäter schadet und ihm missfällt. – Du gehst, und ich bin nur halb hergestellt! – Nun sage mir – wie es zu dir – und deinem Edelsinn soll passen – mich so treulos zu verlassen?« – Ihm antwortete der Papagei: »Mein König, die Krankheit ist von deiner hochedeln Person verscheucht; von heute an werden die Spuren, die man noch sieht, von selbst fortgehen und verschwinden, sodass mein Weilen in deiner großherrlichen Gegenwart hinfort überflüssig ist.« – Der König entgegnete: »Ich glaube, du magst die Gefangenschaft nicht, und deshalb willst du gehen. Wenn es dir aber im Käfig nicht gefällt, so bleib doch wenigstens in der Stadt und such dir in Obst- und Lustgärten nach Belieben einen Wohnort aus.« – »Hast du denn«, antwortete der Papagei, »nie den Spruch gehört, o König:

Besser ist's im Kerker liegen
Unter Anverwandten
Als im Lusthain sich vergnügen
Unter Unbekannten –?«

Als der König dies vernahm, bat er traurig: »So komm doch wenigstens herunter, damit ich Abschied von dir nehme.« – »Mitnichten«, erwiderte der Papagei, »ein solcher Narr, o König, bin ich nicht, der sich durch List in ein Netz locken ließe! O dass der törichte Jäger meinen Wert nicht erkannt hat! Du, o König, hast ihn freilich auch nicht erkannt. Tausend Zauberkräfte und Künste sind unter meinen Fittichen verborgen, auf die Bereitung der Elixiere, auf Alchimie, kurz, auf alle Wissenschaften verstehe ich mich, und besonders gut weiß ich um die Wunder der Natur Bescheid. Ich kenne zum Beispiel ein Kraut, das die besondere Eigenschaft hat, dass, wenn man es zerstampft und seinen Saft auf die Augen streicht, man alle Menschen und Geister sieht, ohne selbst gesehen zu werden. In der Schatzgräberei bin ich ganz besonders geschickt, was an Geld und

Kostbarkeiten unter der Erde verborgen ist, steht mir alles klar vor Augen. In einem eisernen Käfig hättest du mich halten sollen; – aber du ahntest ja von meinem Werte nichts! – Also mit oder ohne deine Erlaubnis, o König, gehe ich; da ich aber deines Brotes und deiner Wohltaten genossen, so bitte ich dich, lass mir's erlaubt sein und löse mich von meinen Verbindlichkeiten, wie ich dich von den deinigen für die deiner hohen Person gewährte ärztliche Pflege und Bedienung löse.« – Dem König blieb nichts anderes übrig, als des Vogels Bitte zu gewähren und ihn zu entlassen.

Der arzneikundige Papagei hob sich nunmehr zum Fluge auf, und von dem Wunsche beseelt, bald seine Kinder und seine Sippschaft wiederzusehen, eilte er seiner Heimat zu, das Auge entzückt – und das traurige Herz neu beglückt.

»Diese Geschichte nun«, fügte der Papagei hinzu, »habe ich dir, o Mâhi-Scheker, deshalb vorgetragen, damit du erkennest, dass die Liebe, so sie nicht gegenseitig ist, keinen Bestand hat, wie du hier gesehen, dass, da der Papagei den König nicht liebte, diesem seine einseitige Liebe nichts half und sie sich zuletzt trennen mussten. Es ist also unnütz oder doch ungenügend, wenn du allein liebst. Auch dein Geliebter muss gleiche Leidenschaft für dich empfinden. Wenn aber die Liebe gegenseitig ist, dann gewährt sie einen Genuss, wie seinesgleichen nicht für diese Erdenwelt erschaffen worden ist; im Paradiese nur mag sich Ähnliches finden. – Ich glaube aber, dass, so herzlich und treu du auch deinen

Teuern liebst, seine Leidenschaft für dich doch noch fünfmal größer sein muss. Heißt es doch:

> Nicht glüht von Leidenschaft zuerst
> Des Liebenden, nein des Geliebten Herze; –
> Sieh, ihren treuen Falter sengt
> Erst, wenn sie selbst entzündet ist, die Kerze.

Und wo ist unter den Weibern hienieden – denen Reiz und Lieblichkeit wurde beschieden – den huldigen, anmutreichen – eine, die dir wäre zu vergleichen? – So zaudre denn länger nicht – sondern bevor mit dem Morgenlicht – der Tag anbricht – eile deinen Freund zu begrüßen – und seine Wünsche erfüllend und deine Sehnsucht stillend, der Liebeslust zu genießen.«

Vergnügt und lächelnd machte sich nun Mâhi-Scheker auf den Weg; aber wie sie zum Zimmer hinaustrat, da sah sie, dass der goldene Papagei des Himmels schon aus des Horizontes Käfig hervorgekommen – und seinen Flug aufwärts genommen. – Ihr Wunsch blieb also auch diese Nacht unerfüllt, und sie musste sich auf die folgende vertrösten.

> Nun weicht, ihr armen Leute, weicht!
> Und sei es euch gesagt,
> Es hat der hohe Diwan
> Auf morgen sich vertagt!

NEUNTER ABEND

Mâhi-Scheker geduldete sich am folgenden Tage wieder bis zum Abend. Da aber trat sie unter den Käfig des Papageien und sprach zu ihm: »Du bewährter Gefährte, du Vertrauter meiner Geheimnisse – wozu weitere Säumnisse?

> Ach, wem wird's nicht zu Herzen gehn,
>> Wenn er vernimmt, was Leides ich empfunden?
> Gar sorglos wandelt ich, da schlug
>> Das Schicksal mir unheilbar böse Wunden!

Soll ich denn immer von ihm getrennt bleiben? Jede Stunde erscheint mir wie ein Jahr! – Sein Lockenhaar – seiner Wangen Pracht – ist's, woran ich einzig gedacht – so manchen Tag und so manche Nacht! – So habe denn die Gefälligkeit – und heile mich von diesem Leid – nur sei mit ganzer Seele beflissen – von meinen Geheimnissen – nichts zu offenbaren – und zu verlautbaren.«

Als der beredte Papagei diese Worte vernommen, da füllte er mit Perlen und Edelgestein – seines Mundes Schmuckkästlein – und sprach: »O Mâhi-Scheker, was sollen die Worte, die du sagst, bedeuten? Du *sprichst* wohl von Liebe, aber deine Taten sind die eines Menschen, dem sie fremd ist. Ist das wohl Liebesgebrauch, dass du so viele Tage hindurch deinen Freund schmerzlich warten lässest? Außerdem fürchte ich, dass, während du unter allerlei Vorwänden zauderst, plötzlich dein Gatte Sâïd eintreffen wird, und seid ihr dann beisammen – und erwachen die alten Flammen – dann hat dein Geliebter des Harrens Plagen – umsonst getragen! – Ja, in der Reue Feuer – wird er dann brennen, dein Getreuer, – gleichwie die Liebhaber des aus Holz gemachten Mädchens, als mit der Entscheidung eines unter ihnen entstandenen Streits der Gegenstand ihrer Anbetung wieder in seinen Urstoff zurückkehrte, traurig und beschämt dastanden.« – »Was ist das für eine Geschichte?«, fragte Mâhi-Scheker, und der Papagei hub an:

Geschichte der hölzernen Jungfrau und ihrer Liebhaber

Die Bücher der Vergangenheit erzählen und berichten – unter andern wahrhaftigen Geschichten –, dass einmal vier Männer, ein Zimmermann, ein Goldschmied, ein Schneider und ein Mönch, zusammen eine Reise unternahmen. Als sie einige Zeit gereist waren, geschah es nach Gottes Ratschlusse, dass sie einmal in einer unsichern Gegend übernachten mussten. Aus Furcht, daselbst von reißenden Tieren angefallen zu werden, beschlossen sie, während des Schlafs je einen von ihnen nach der Reihe wachen zu lassen. Die Reihe traf zuerst den Zimmermann. Da nun die andern drei sich niederlegten, überwältigte diesen die Müdigkeit so sehr, dass er, um nur den Schlaf zu vertreiben, sein Handwerksgerät hernahm. Er fällte einen schlanken Baum, schnitzte das Holz desselben fein aus und formte eine Mädchengestalt mit Kopf, Händen und Füßen. Nach ihm kam die Reihe an den Goldschmied. Auch dieser wurde nach einiger Zeit schläfrig und sah sich nach einer Beschäftigung um. Da fiel sein Auge auf das hölzerne Mädchen vor ihm, welches der Zimmermann gemacht hatte; er bewunderte die Kunstfertigkeit desselben, und um den Schlaf zu vertreiben, bewies auch er seine Geschicklichkeit, indem er der Figur Ohrringe, Armbänder und andere Frauenschmucksachen verfertigte und sie damit auf das Schönste herausputzte. Als aber seine Zeit um war, kam an den Schneider die Reihe. Da dieser sich aus dem Schlafe erhob, erblickte er mit großem Erstaunen die wunderbare Figur und rief sofort aus: »Hier muss ich meine Kunst zeigen!« – Er fertigte also reizende Festgewänder an, wie sie zu der lieblichen Gestalt des Mädchens passten, und bekleidete sie vom Kopfe bis zu den Füßen. Jemand, der sie so gesehen und nicht gewusst hätte, dass es nur eine Bildsäule sei, würde sie für ein beseeltes Wesen gehalten haben – sie war gleichsam ein Gestalt gewordener Geist.

Als endlich auch des Schneiders Reihe um war, weckte er den Mönch und legte sich selbst nieder. Dieser schlug aus dem Schlafe die Augen auf und erblickte alsbald das wohlgeformte Bildnis. Da ward ihm wie einem, vor dem in nächtlicher Einsamkeit ein Licht auftaucht, und er trat näher. Was sah er da? Eine Gestalt, die selbst Asketen – und Anachoreten – zwingen machte, sie anzubeten – ein Gebilde gar wunderbar – eine Betnische ihr Brauenpaar – für der flehenden Liebhaber Schar – Rubinen ihre Lippen – von denen für Geist und Herz Nahrung zu nippen. Sofort hob er seine Hände auf zu Dem, der die Seelen schuf – mit dem flehenden Ruf: – »O der du einzig mit Kraft begabt bist und mit Macht – Allherrlicher, der du gebracht – aus des Nichtseins Grabesnacht – des Menschen reines Gebilde – auf des Daseins lichtes Gefilde – o der du die Früchte, die süßen – aus dürrem Holze lässest entsprießen – o Gott, in deiner Gnade, der unendlich großen – wollest du mich nicht verstoßen – und beschämen vor meinen Genossen – du wollest dieser geistlosen Form eine Seele verleihen – dass sie sich des Lebens möge erfreuen – und ihre Zunge sich löse zu Danksagungen, ewig neuen!«

So flehte er in tiefer Demut; er war aber ein Mann von reinem Herzen, dessen Gebet vor Gott Gnade fand, weshalb er, der Ewige, denn auch aus seiner unerschöpflichen Barmherzigkeit jener Figur eine Seele bescherte und sie leben ließ. Sofort ward sie ein liebliches Mägdlein, des Lebensstunden – an einen glänzenden Stern gebunden – sie hub an zu wandeln und hin und her zu schwanken – wie die Zypressen, die schlanken – und da sie aussprach ihre Gedanken – waren ihrer Worte jedwede – lieblich wie des Papageien Rede.

Als aber der Morgen kam und durch die Sonne, die Weltenwonne, das Antlitz der Erde erleuchtet ward, da

fielen die Augen der vier Reisenden auf das herzenrau-
bende Götterbild, das über Nacht ins Dasein gerufen
worden war. Und kaum hatten sie es erblickt – da waren
sie alle zum Wahne entzückt – Gefangenen gleich in
ihrer Locken Fesseln liegend – der Mücke gleich ihrer
Schönheit Kerze umfliegend – und von solcher Leidenschaft krank – gerieten sie untereinander in Streit und
Zank. – »Ich«, sagte der Zimmermann, »bin der Urheber ihres Daseins, und somit geziemt auch das Mädchen mir. Ihr andern habt gar keine Ansprüche!« Dagegen erhob sich der Goldschmied: »Habe ich ihr
nicht«, sprach er, »Gold und Edelsteine angelegt? Habe
ich nicht Geld und Gut für sie hingegeben, was be-
kanntlich die Hälfte der Seele ist? Sie gehört deshalb
mir, und ich bin ihr Eigentümer.« – »Geld und Gut«,
ließ sich der Schneider vernehmen, »habe ich auch für
sie ausgegeben! Ja, in vielfältige Prachtgewänder habe
ich sie gekleidet und damit ihre Schönheit vollkommen
gemacht – und sie zu solcher Lieblichkeit gebracht –
dass die Lebensflamme in ihr ward angefacht – dies
Werk ist mein – drum mein muss sie sein.« – Da rief
der Mönch: »O nein – mein muss sie sein! – Meines
Gebetes Kraft ward durch sie bewährt – als Vor-
geschmack der Huris des Paradieses ward sie mir be-
schert – mein Recht ist klar – unanfechtbar!«

Kurz, sie fanden keinen anderen Ausweg, als ihre Ansprüche der gesetzlichen Entscheidung anheim zu geben,
und schon wollten sie sich zu dem Behufe aufmachen,
als vor ihnen ein anderer Reisender erschien, ein Derwisch in härenem Gewande. Sowie sie diesen erblickten,

beschlossen sie, ihn zum Richter in ihrer Streitsache zu machen und sich jedem Urteil, das er fällen würde, zu unterwerfen. Sie riefen ihn also herbei und erzählten ihm umständlich das ganze Ereignis. Der Derwisch aber hatte kaum das schöne Mädchen erblickt – als er von Liebe verzückt – gleich der Flöte Klagetönen – zu seufzen anhub und zu stöhnen; – dann überlegte er in Eile – wie er seine eigenen Schmerzen heile – und sah die vier Reisenden an – und begann: »Ihr Muselmanen, welche törichten Worte redet ihr? Habt ihr denn keine Furcht vor dem Allmächtigen, dass ihr eine solche Untat begehen und mir meine rechtmäßige Gattin rauben wollt, und dass einer von euch sie aus Holz geschnitzt, ein anderer über sie gebetet zu haben behauptet? Sagt doch etwas Vernünftiges, nach göttlichem Gesetz Mögliches! Diese ist meine Frau, und die Sachen, die sie an sich trägt, habe ich ihr machen lassen. Nur war vor einigen Tagen ein unbedeutender Streit unter uns entstanden, und darüber erzürnt, hat sie diese Nacht mein Haus verlassen. Der Wunsch, sie wiederzufinden, trieb mich darauf ebenfalls fort; ich ging ihr nach, und Gott sei Dank! Es ist mir gelungen, ich habe sie gefunden. Ihr aber, macht euch doch nicht durch derartige Reden vor den Leuten lächerlich. Ihr habt dazu keinen Anlass.«

Der Derwisch überbot also noch die andern Reisenden in seinen Rechtsansprüchen, und somit waren es jetzt fünf Männer, von denen ein jeder gegen die andern eine Klage anstellen zu können behauptete. Unter Zanken und Streiten gelangten sie in eine Stadt, woselbst sie sich gleich nach dem Hause des Polizeimeisters begaben, dem sie ihren Fall vortrugen. Dieser aber hatte nicht sobald das Mädchen gesehen, als er noch tausend- mal heftiger als jene in sie verliebt wurde und, um sie für sich selbst zu gewinnen, die fünf Kläger anfuhr: »Ihr treulosen Räuber, dies Weib war die Frau meines ältern Bruders. Von Räubern ward dieser umgebracht und seine Frau entführt, aber Gott sei Dank! Vergos- senes Blut geht nicht verloren, eure eigenen Füße haben euch in die Schlinge geführt!«

Der Polizeimeister wurde also ein noch hitzigerer Kläger als die andern; er lud die Gesellschaft sogleich vor Gericht und begleitete sie selbst zum Kadi. Diesem ehrwürdigen Manne suchte nun ein jeder seine An- sprüche klarzumachen; aber kaum hatte er des Mäd- chens Gesicht erblickt –

Ein reizendes Mägdlein vor Augen er sah,
Anmutig vom Haupte zur Zeh stand sie da!
Ihr Wuchs jeden Schauenden liebeskrank machte,
Verderben ihr stolzer Zypressengang brachte.
Den Erdball mit Not ihre Wimper bedroht,
Ihr gottloses Blinzeln mit Hölle und Tod.
Wo Markttag sie hielt auf der Liebe Basar,
Da bot man als Preis tausend Seelen ihr dar.
Wo die Flut ihrer Reize das Herz bestürmte,
Kein Damm widerstand, kein Verstand
 da beschirmte;
Der Ehrbarkeit Burg ward vom Gießbach
 verheert,
Von Liebe des Anstandes Grundbau zerstört!

Da also der Kadi dies Wesen vor sich sah, fasste ihn das Verlangen, es selber zu besitzen. »Meine Freunde«, redete er deshalb die Gesellschaft an, »der Rechtsstreit, den ihr führen wollt, ist nichtig. Dies hübsche Mädchen ist eine in meinem Hause groß gewordene und von erster Jugend an als eigenes Kind von mir gehaltene Sklavin. Von schlechten Leuten verlockt, hatte sie die Gold- und Schmucksachen und die feinen Gewänder, womit sie angetan ist, genommen und mich verlassen. Dem Höchsten sei es gedankt, dass sie durch eure freundliche Bemühung aufgefunden und mein Wunsch, sie wieder zu besitzen, in Erfüllung gegangen ist. Ich hoffe zu Gott, dass er, der Allwissende, diesen Liebesdienst euch wohl anrechnen und dass er, der Allmächtige, euch dafür lohnen wird.«

Als die Kläger diese Worte hörten, da standen vier von ihnen ab; denn sie wussten, dass der Kadi ein jähes Ungemach – unvorhergesehene Not und Schmach – über sie zu verhängen fähig war, deren Abwendung ihnen nie gelingen würde. Der Mönch aber wandte sich gegen den Kadi und hub an: »Geziemt es dir wohl, hoher Herr, dir, der du auf des Propheten Betteppich zu sitzen behauptest, dass du einen Prozess rechtgläubiger Männer nicht nach dem heiligen Gesetz entscheidest, sondern selbst Ansprüche auf dies Mägdlein erhebst und unter dem Vorwande, es sei deine Sklavin, es mit Gewalt uns zu entreißen suchst? Welche Religion gestattet solches Unrecht? Und wie willst du dich morgen deshalb vor dem Weltenschöpfer verantworten?« – »Du Bilderdieb«, antwortete der Kadi dem

Mönche, »der du dir, um die Leute zu betrügen, durch Hungerleiden hohle Wangen verschafft hast und der du gern die Welt glauben machen möchtest, die Gottesfurcht habe deine Gestalt zum Bogen gekrümmt, merke, ein berühmtes Sprichwort sagt: ›Ein geschickter Lügner muss nicht nur ein gutes Gedächtnis, sondern auch scharfen Verstand und durchdringende Einsicht haben.‹ Was hast du aber an Einsicht und Verstand aufzuweisen? O du Narr, willst du eine wahnsinnige Lüge auftischen, so sage sie doch wenigstens mit einigem Anstande! Kann man wohl aus Holz Menschen machen? – Nun lasst von solchen Forderungen ab und geht, wo nicht – wie ihr wollt! Ich habe ja meine Sklavin wieder.«

Es waren aber in dem Gerichtshofe einige Leute aus der Stadt anwesend, welche den Prozess mit anhörten. Zu diesen sprach der Mönch: »Was uns widerfahren, gleicht auf ein Haar der Geschichte von dem Vornehmen im Lande Khorasan und dem Derwisch Hawâjî.« – Der Kadi, der dies hörte, fragte ihn: »Was ist das für eine Geschichte?« Und der Mönch hub an:

Geschichte des Derwischs Hawâjî

Ein reicher Mann – von den Großen im Lande Khorasan – lud die Genossen seines Standes – die Großen des Landes – allzumal – zu einem Mahl. Als man nun von mancherlei Speise – nach großer Gastereien Weise – schon hatte genossen – und Lustigkeit sich auf die Versammlung ergossen – ward des Spiels und des Gespräches Pforte erschlossen.

Unter den Eingeladenen befand sich auch der Derwisch Hawâjî. Diesen fragte einer der Vornehmen nach seinen Reiseerlebnissen und nach der Geschichte alter Könige, wie sie sich in den Jahrbüchern der Vorzeit findet. Der Derwisch aber war ein Fürst der Rede, er erzählte ihnen wunderbare Erlebnisse – und staunenswerte Begebnisse; – er wusste jede Redefeinheit tausendfach zu wenden – und jede Wendung zu einem Buche zu vollenden – sodass zum Genuss ward und zum Wohlgefallen – seine Rede den Anwesenden allen – dass sie als geistige Nahrung sie betrachteten – ja als Quelle des ewigen Lebens sie achteten.

Da geschah's einem der Großen – unter den Festgenossen – dass ein widriger Sturm seines Innern Ozean bewegte – und ein Wogengebrause erregte – das ihm grimmte – sodass er sich krümmte – und das zu bezwingen – ihm nicht wollte gelingen. – Kaum aber hatte sich offenbart – was jener so gerne hätte bewahrt – da wollte niemand glauben – dass von den Pfeilern des Thrones einer so Übles sich sollte erlauben – sondern ein jeder dachte – an Hawâjî und lachte – auf ihn jeder Blick sich richtete – sodass die Beschämung ihn vernichtete. – In dieser Lage sprach er: »Ihr edeln Herren, der Urheber des Bösen – bin ich nicht gewesen – war mir's aber geschehn – wahrlich ich würd es gestehn – und mit diesem Verse Verzeihung erflehn:

Wird von Sturm und Ungewitter
Dir das Innre heimgesucht –
Kluge fesseln Stürme nicht; drum
Gönne ihnen rasch die Flucht!

Sie gleichen gemeinen Menschen, die man gewiss nicht aufhalten darf, wenn sie gehen. Sagt doch ein Dichter:

Wenn dich zu verlassen wünscht ein
Mensch von widrigem Gesicht,
Mach's ihm leicht, o Freund, denn halten
Darfst du ihn beileibe nicht.

Aber Gott weiß, dass ich dieser Entschuldigung nicht bedarf, da ich den Verstoß nicht begangen habe. Ich schämte mich freilich vor euch, weil ihr mich für den Übeltäter hieltet; aber, Gott sei gepriesen, nicht vor dem Täter schämte ich mich. Ein falscher Verdacht – hat gemacht – dass ihr mich habt verlacht; – dem Täter aber ist klar – wer der Tat Urheber war.« – Mit diesen Worten entledigte er sich seiner Beschämung.

»Ebenso, o Kadi«, fuhr der Mönch fort, »glauben die hier Anwesenden, welchen der wirkliche Sachverhalt unbekannt ist, dass du die Wahrheit redest. Wir aber wissen, was geschehen ist. Darum fürchte Gott und entscheide aus Scheu vor dem Propheten den Prozess nach dem heiligen Gesetze.«
Da nun hierauf der Kadi dem Mönche und der Mönch dem Kadi erwiderte, was ihnen nur für Worte auf die

Zunge kamen, so wurde gar bald – aus dem Zwiegespräch ein Zwiespalt; – und da die sieben Männer bis
auf Mord und Totschlag verliebt waren, so rüsteten sie
sich zum Kampfe. – Da aber traten die Verständigern
unter den Zuschauern zusammen und beschlossen, sie
miteinander zu versöhnen; zu diesem Ende sprachen
sie zu ihnen: »Ihr Muselmanen, dieser euer Rechtsstreit
ist ein unauflösbarer Knoten und keiner Entscheidung
fähig, wo nicht der Allherrliche selber in seiner Gnade
ihn erledigt. Da aber ein uns überkommener Ausspruch
des Propheten besagt:

Könnt ihr nicht aus und ein bei eurem Tun,
So rufet an, die in den Gräbern ruhn –

so lasst uns allesamt auf den Begräbnisplatz gehen;
daselbst sollt ihr beten, und wir wollen alle in das Amen
mit einstimmen. So lässt sich hoffen, dass der Allerhalter dies Geheimnis offenbar mache.«

Dieser Vorschlag fand Beifall; die ganze Gesellschaft
erhob sich, und man ging auf den Friedhof. Daselbst
angelangt, sprach der Mönch, unter Tränen seine
Hände emporhaltend, mit der größten Inbrunst ein
Gebet, indem er sprach: »Du Gewaltiger, dessen Macht
kein Ziel hat noch Schranken – und du Wissender, der
du kennst des Menschen geheimste Gedanken! – Das
Gesuch, mit dem wir uns an dich gewandt – ist dir
wohl bekannt. – O möchtest du diesen Knoten, den
bösen – durch deine unendliche Gnade lösen – sodass
durch dich uns werde verkündet – auf welcher Seite

das Recht sich findet.« – Als er geendigt hatte, rief das ganze Volk: »Amen!«

Da geschah es, dass ein großer Baum, an welchen das schöne Mädchen sich während des Gebets mit dem Rücken angelehnt hatte, plötzlich auseinanderklaffte, das Mädchen in sich aufnahm und sich dann wieder schloss, ganz wie er vorher gewesen war, sodass sich daran der geheimnisvolle Spruch bewahrheitete: ›Ein jedes Ding kehrt zu seinem Ursprunge zurück.‹

Aller Zank und Streit war damit aus; mit dem Auge der Gewissheit erkannte ein jeder, dass die vier Reisegefährten die Wahrheit geredet und dass die drei andern gelogen hatten. Gleichwie die Wahrhaftigkeit jener sonnenklar – so ward auch die Lüge dieser offenbar – sodass sie dastanden verachtet – von Scham umnachtet. – Die aber das Mägdlein hatten geliebt und verehrt – die waren jetzt betrübt und verstört – da sie sahen, dass sie zu ihrem Ursprunge zurückgekehrt.

»Ebenso«, fuhr der Papagei fort, »fürchte ich nun auch, dass dein rechtmäßiger Gatte Sâid plötzlich wieder erscheinen, dass er sich, wie jenes schöne Mädchen mit dem Baume, also mit dir vereinigen und dass der vornehme Jüngling dann umsonst nach dir geschmachtet haben wird. Du musst darum keine Zeit mehr verlieren, sondern rasch zu deinem Freunde hineilen, auf dass ein jeder von euch der Liebe Süße – durch den andern genieße.«

Vergnügt machte sich nun Mâhi-Scheker zu ihrem Teuern auf den Weg. Als sie aber heraustrat, da sah sie, wie gleich dem Bewohner einer Zelle – von des Horizontes Klosterschwelle – einsam – der Mönch des Weltendomes hervorkam – und dass, wie das Mägdlein von Holz im Baume – also der Mond verschwand im Raume – und sich hielt verborgen – vor dem siegenden Morgen.

Was du eben noch vermochtest,
Das vermagst du bald nicht mehr;
Die Gelegenheit erfasse,
Wo nicht, bleibt die Hand dir leer.

Der Besuch blieb also auf die folgende Nacht verschoben.

Nun weicht, ihr armen Leute, weicht,
Und sei es euch gesagt,
Es hat der hohe Diwan
Auf morgen sich vertagt!

In tausendfachen Qualen brachte Mâhi-Scheker den folgenden Tag hin, und als es Abend wurde, näherte sie sich in großer Aufregung dem Vogel, welcher fein genug war, sogleich zu bemerken, dass sie verdrießlich sei. Er lenkte daher wieder auf den Weg der List ein und rief aus: »Gott vergönne meiner Herrin, der süßen – allzeit Freud und Lust zu genießen – er lasse ihre Tage in Ehre und Glück verfließen. – In der verflossenen Nacht – hab ich gedacht – ich dürfe des Rates nicht vergessen – und da bin ich gesessen – und habe dir durch lange Geschichten zu schaffen gemacht – bis darüber der Morgen war erwacht. – Jetzt abermals in das Meer der Erzählungen zu tauchen – und damit die schöne Zeit zu verbrauchen – wäre unverzeihlich – denn die Gelegenheit flieht eilig. – Darum rasch, es ist durchaus notwendig, dass du nichts für wichtiger achtest, als diese Nacht deinen Freund zu besuchen. Ja, meine Gebieterin, mit so viel Anstrengung und so viel Eifer habe ich mich bemüht, euch zusammenzuführen, dass ich mich wohl dem Schach Behwâdj zur Seite stellen kann.« – Bei diesen Worten unterbrach ihn Mâhi-Scheker. »Wer ist denn«, fragte sie, »dieser Schach Behwâdj, von dem du redest?« – »Schach Behwâdj«, antwortete der Papagei, »war ein an Macht und Pracht gewaltiger – an Weisheit mannigfaltiger – sein Volk in Frieden lenkender – huldreich und gnädig denkender – König, der allzeit voll Erbarmen – für die Dürftigen und Armen – keinem je seiner Sklaven – ein Vergehen vorhalten wollte, noch ihn strafen. – Sein Mitleid für die Leute, welche an ihn Gesuche richteten, ging so weit, dass von seiner Pforte niemand, ohne seinen Wunsch erreicht zu haben, abzog, und wenn ein Liebhaber vor ihm erschien, der des Gegenstandes seiner Verehrung nicht habhaft werden konnte, so ruhte er nicht, bis er durch reichliche Spenden von Gold und Kleinodien beide vereinigt hatte, ja, zu diesem Ende war ihm sein eigenes Leben nicht zu teuer.« – »Nun«, antwortete Mâhi-Scheker, »Geld für solchen Zweck auszugeben, das geht noch an, aber für andere sein Leben zu opfern, das ist sehr seltsam! Lass doch hören, wie ist diese Geschichte?« – Darauf erzählte der Papagei wie folgt:

Geschichte des Abul-Medjd und des Königs Behwâdj

Die Berichterstatter alter Begebenheiten – und die Erzähler der Geschichten vergangener Zeiten – die die Verkettung des Geschicks – des Unglücks und Glücks – erörtern und deuten – tun uns mit lieblichem Mund – und süßer Rede kund – dass in der Stadt Peilisân vor vielen Jahren – ein ausgezeichneter Forscher des Wahren – ein hochbewährter Gelehrter namens Abul-Medjd lebte, dessen Inneres wie ein Buch mit der Zier der Wissenschaften geschmückt – und dessen Zunge gesegnet worden war und beglückt – durch die Gabe der Wohlredenheit, die den Menschen entzückt. – Dieser verließ einst seine Zelle, um in der Stadt zu lustwandeln. Bei der Gelegenheit gelangte er an den Zaun eines Gartens, in dessen Inneres er seine Blicke umherschweifen ließ. Und siehe, mitten im Gartenland – ein Teich sich befand – an dessen Rand – ein goldener Thronsessel stand – drauf saß eine Jungfrau lieblich und schön – wie die Engel des Himmels anzusehn – ein anmutig reizendes Wesen – vor allen auserlesen – wie nie seinesgleichen dagewesen – wie ein Bogen ihre Brauen – wie der Mond ihr Antlitz anzuschauen – und vor ihr eine Schar hübscher Mägde, die wie glänzende Sterne mit auf der Brust gekreuzten Händen dastanden.

Als Abul-Medjd diese Schönheitssonne und Herzenswonne erblickte, fragte er außer sich vor Erstaunen die Vorübergehenden, wer sie sei. »Das ist die Tochter unsers Königs«, lautete die Antwort, und besinnungslos fasste der arme Gelehrte in demselben Augenblick eine heftige Leidenschaft für die Jungfrau. Immer heftiger entbrannte die Glut seiner Liebe, und wie ein Wahnsinniger irrte er umher. Denn des Mädchens Hand zu erhalten oder sonst sein Liebesweh zu heilen, war unmöglich, und er sah ein, dass dieser Schmerz ihn vernichten müsse. Da überlegte er bei sich selber, es sei doch besser, dass er, anstatt an Liebesnot zu sterben, einmal zu dem Könige von Peilisân hingehe, ihm sein

Anliegen vortrage und von ihm das Mädchen nach Gottes Gebot zur Ehe begehre. »Ist er mir«, sprach er, »dann gnädig und gewährt sie mir, da hab ich ja, was ich wünsche; gibt er sie aber nicht und erzürnt sich über meinen Antrag, so kann er mir ja doch nichts Schlimmeres tun als mich umbringen. Bevor er mich tötet, sterbe ich vielleicht noch gar von selbst an diesem Liebesschmerz. Nach beiden Seiten droht mir der Tod, darum mag kommen, was will!«

Er schrieb also eine Bittschrift, in welcher er um die Hand der Königstochter anhielt. Als diese aber dem Könige vorgelegt und von ihm gelesen worden war, da geriet er in Zorn und befahl, sogleich den Bittsteller zu töten. Nun hatte er aber einen erfahrenen und verständigen Wesir; derselbe sprach zu ihm: »O König, bei Hinrichtungen darf sich ein Herrscher nicht übereilen; vielleicht ist der Mensch wahnsinnig. Gedulde dich also; ich, dein Knecht, weil einmal hingehen, die Sache untersuchen und, nachdem ich dir darüber berichtet, den Bittsteller in guter Weise abfertigen.«

Nach diesen Worten berief der Wesir den Abul-Medjd zu sich und sprach zu ihm: »Was bringst du, o Abul-Medjd, für sinnloses Zeug vor? Bei Gott, die Liebesnot hat dir das Hirn verdorben, du bist wahnwitzig geworden! Weißt du nicht, dass, wenn jemand heiraten will, er unter seinesgleichen und seinen Standesgenossen seine Frau suchen muss, um auf gesetzlichem Boden zu bleiben? Du bist ein armer Tropf und das Mädchen, um das du anhältst, ist die Königstochter – willst du sie haben, da musst du eine Elefantenlast Goldes vorausbezahlen, dann wollen wir sie dir geben. Kannst du aber diese Bedingung nicht erfüllen und schreibst noch einmal eine derartige alberne Bittschrift, oder du redest mit jemandem von diesen Torheiten, da kennt der König kein Erbarmen, sondern lässt dich unfehlbar mit dem Tode bestrafen.«

Der arme Abul-Medjd besaß nun freilich keine Elefantenlast Goldes, ja, er hatte keinen Gran dieses edeln Metalls. Was war aber zu tun? Es schien ihm das Beste, nicht zu sagen, dass er jene Bedingung nicht zu erfüllen vermöge. »Gebt mir«, redete er den Wesir an, »eine Frist; so Gott will, bringe ich euch eine Elefantenlast Goldes.« – Nachdem er dies Versprechen gegeben, ging er mit Tränen seines Weges.

Der Wesir kehrte nun zu dem Könige zurück und erzählte ihm, wie er den Liebhaber abgefertigt. Das Mittel gefiel dem König, und er ergoss sich in vielfachen Lobeserhebungen darüber. Was aber den armen Abul-Medjd anbetrifft, so war er krank von Liebesnot – betrübt bis in den Tod – ob der Trennung, mit der man ihn hatte bedroht – sodass der Vers auf ihn passte:

> Sieh doch, wie die Liebe einen
>   Armen Menschen quälen mag:
> Alles tut er, alles lässt er,
>   Wie sie's ihm befehlen mag.

Ob gut oder schlecht – genug, er war der Liebe Knecht – und was er litt und wie ihm geschah – erzählte er jedem, den er sah – und jedermann – sprach er um

Heilmittel an. – Ein Sprichwort sagt: ›Der Ertrinkende klammert sich an einen Strohhalm‹; ebenso gab ihm, dem im Ozean der Verzweiflung Versinkenden, jede Spreu eine Hoffnung, an das Ufer der Wunscherfüllung zu gelangen. Aber niemand konnte gegen seine Krankheit ein Mittel angeben, und so flehte er, nachdem er jeder irdischen Hoffnung entsagt, zu dem Throne des Allwahren und bat ihn um Rettung. Alsbald traf er mit einem seiner Freunde zusammen, dem er seiner Gewohnheit gemäß sein Leid klagte. Dieser hatte Mitgefühl für ihn und sprach: »Klage nicht, armer Verliebter! In des Allmächtigen Heilanstalt sind Arzneien gegen diese Krankheit in Menge vorrätig. Geh nur von hier und begib dich in den Palast des Königs Behwâdj und stelle diesem deine Lage vor. König Behwâdj ist ein an Reichtum und Pracht – an Edelmut und Macht – ausgezeichneter Fürst; ich hoffe, er wird dir gnädig sein und dir das verlangte Maß Goldes zum Geschenk machen.«

Der arme Abul-Medjd tat nach den Worten seines Freundes und machte sich sofort auf den Weg. Als er in der Hauptstadt des Königs Behwâdj angelangt war, begab er sich auf die Hofburg und trug sein Bittgesuch vor. Wie aber der König seine traurige Lage erfuhr, wurde er von so innigem Mitleid bewegt, dass er Tränen vergoss und ohne Verzug aus seinem Schatze eine Elefantenlast Goldes hervorholen, dieselbe auf einen weißen Elefanten laden und dem Abul-Medjd übergeben ließ. »Geh«, sagte er ihm dabei, ihn entlassend, »der Allmächtige mache dir dein Vorhaben leicht!«

Abul-Medjd brachte nun das Gold insgesamt in seine Vaterstadt und übergab es dem Wesire des Königs von Peilisân, der es selbst in den Schatz seines Herrn ablieferte. Man dachte viel hin und her, wer ihm dasselbe wohl gegeben haben möge, bis man auf den Goldstücken Behwâdjs Gepräge sah und daran erkannte, dass dieser König in so außerordentlicher Weise seine Gnade und Wohltätigkeit walten lassen habe.

Um nun aber den Abul-Medjd loszuwerden, huben sie an, ihm noch schwierigere Dinge aufzutragen. »Wenn du«, sprach man zu ihm, »den Kopf dessen abschneidest, der dir dies Geld gegeben, und hierher bringst, wenn du diese Heldentat ausführst, wollen wir dir das Mädchen geben.«

Dass ihm auch dies gelingen werde, konnte Abul-Medjd nicht hoffen, weshalb er bitterlich zu weinen anfing; da ihm dies aber nichts half, so begab er sich abermals zu dem König Behwâdj und erzählte ihm umständlich, was ihm begegnet war. »O König«, sagte er, »so viel Gnade, als du mir erwiesen, ist noch nie jemandem von einem Sterblichen zuteil geworden. Jene Schurken aber handeln schlecht an mir; nachdem sie unter dem Versprechen, mir nunmehr meine Geliebte geben zu wollen, mir das Gold abgenommen, haben sie mir etwas Unmögliches, meine Kräfte Übersteigendes aufgebürdet, nämlich den Kopf dessen zu bringen, der mir das Gold gegeben. Ich erzähle dir dies nicht, o tapferer König, um dein gesegnetes Haupt zu verlangen, das verhüte der allmächtige Gott! Ich wünsche nur, dass du wissest, wie ungerechterweise mein Wunsch mir versag worden ist. Sicher wird dieser Schmerz mich töten; möge nur«, so schloss er betend, »der Erhabene, Allwahre, meinen Herrn und König, solange die Welten dauern, bei Leben und Gesundheit erhalten!«

König Behwâdj vernahm dies unter glühenden Seufzern. »Abul-Medjd«, redete er darauf seinen Schützling an, »sei nicht betrübt; hat sich der König von Peilisân gegen dich unmenschlich benommen, so will ich ihm ein Beispiel von Großmut geben und Haupt und Leben dafür opfern. Großmut beweist man nämlich nicht bloß mit Geld und Gut, sondern der höchste Grad der Großmut ist der, wo der Mensch sein Leben hingibt. Heißt es ja doch im Sprichwort:

Schöneren Edelmut kann es nicht geben,
Als da man opfert sein eigenes Leben.

Mir zu deinem Nutzen den Kopf abschneiden zu lassen, habe ich kein Bedenken; im Gegenteil übergäbe ich ihn dir gern gleich hier, um so nach besten Kräften dir zur Erreichung deines Wunsches zu verhelfen. Aber ich besorge, dass sie, wenn du auch meinen Kopf bringst, dir deinen Wunsch doch nicht gewähren werden, und wenn ich tot bin, dann hast du niemanden mehr, der deinen Gram zu lindern sucht; du siehst dich dann vergeblich nach Hilfe um, und sicher wird man nicht verfehlen, dich auf alle Weise zu quälen. Aber komm! Ich habe einen andern Plan; ich werde mich verkleiden, und dann wollen wir uns selbander aufmachen und zu dem Könige von Peilisân uns begeben. Wenn dieser bei seinem Versprechen bleibt und dir seine Tochter für meinen Kopf, bevor derselbe abgeschnitten worden ist, zur Frau geben will, so werde ich gern dort mein Leben opfern. Gewährt er abermals deinen Wunsch nicht, so werden wir je nach seinem Benehmen das unsrige abmessen und für deine Not eine Abhilfe suchen.«

Nach diesen Worten verkleidete er sich und machte sich mit Abul-Medjd auf den Weg. In der Hauptstadt des Königs von Peilisân angelangt, begaben sie sich sogleich in den Empfangssaal, um ihm daselbst ihre Bitte vorzutragen, welche Abul-Medjd mit den Worten beschloss: »Siehe, hier ist der König Behwâdj; ich habe ihn hergebracht, so gebt mir denn nun das Mägdlein zur Ehe.«

Sobald aber der König von Peilisân den König Behwâdj erkannte, sprang er von seinem Throne herunter, legte seine Stirn auf Behwâdjs Füße und bat, indem er den Unwissenden spielte, flehentlich um Verzeihung. »Ich habe dir«, sagte er, »viel Mühe gemacht, o Herr, und wenn ich gefehlt, so geruhe, es mit dem Gewande der Verzeihung zu bedecken. Ich bin dein Knecht«, fügte er hinzu, »und meine Tochter ist deine Magd, verheirate sie ganz nach deinem hohen Willen.« Mit diesen Worten küsste er ehrfurchtsvoll des Königs Behwâdj Kleider. Letzterer aber ließ den Abul-Medjd in ein Bad gehen und kleidete ihn dann vom Kopfe bis zu den Füßen in bunte Festgewänder; dann ließ er die Elefantenlast Goldes, welche sein Schützling früher hergebracht, der Königstochter als Mitgift geben, fügte noch einen gleichen Betrag hinzu und verheiratete so den

Abul-Medjd mit seiner Geliebten. Der König von Peilisân machte dann dem Behwâdj vielfach reiche Geschenke und entließ ihn, nachdem er ihm alle möglichen Ehren erwiesen, nach seinem Lande.

Durch eines so herrlichen Königs Gnade wurde also der arme Abul-Medjd mit seiner Geliebten vereinigt, und als Denkmal einer so merkwürdigen Begebenheit ist diese Geschichte geblieben.

Mit diesen Worten schloss der Papagei. Mâhi-Scheker aber sprach zu ihm: »Deine Geschichte hat mir viel Vergnügen gemacht. Die Menschlichkeit und Gütigkeit – die Gnade und Edelmütigkeit – des Königs Behwâdj hat mich mit Lob und Bewunderung erfüllt; das war in der Tat ein barmherziger, gnädiger und hochherziger König! Übrigens muss ich sagen, dass, so wenig ich gegen seine Freigebigkeit in Beziehung auf Geld und Gut etwas einwende, seine Selbstaufopferung mir nicht richtig aufgefasst zu sein scheint. Ich denke, wenn ein mächtiger König sich um eines Mädchens willen bittweise zu einem andern König begibt und dabei erklärt, dass er für seinen Zweck sein Leben hinzugeben bereit sei – da ist gar keine Wahrscheinlichkeit vorhanden, dass in einem solchen Falle letzterer den Wunsch nicht gewähren sollte. König Behwâdj war klug genug, dies zu wissen, und in solcher Überzeugung begab er sich zu den Füßen des Königs von Peilisân. Dass er eigens, um sein Leben zu opfern, hingegangen wäre, ist nach der Erzählung nicht als notwendig anzunehmen.« – Worauf ihr zu antworten – der wohlredende Vogel auftat des edelsteinsprühenden Mundes Pforte: »O Mâhi-Scheker, allerdings kann der Einwand, den du hier machst, einem Menschen in den Sinn kommen; Leuten aber, die auf das genaueste mit dem Charakter des Königs Behwâdj bekannt sind, ist das nie eingefallen. Derselbe war ein Herrscher, der mit Aufopferung von Gut und Blut nicht bloß den Abul-Medjd, nein, tausend Liebeskranke wie er dem Ziele ihrer Wünsche zuge-führt haben würde. Dadurch, dass er wirklich seine edle Seele daransetzte, um den alten Königssohn mit der Feentochter zu vereinigen, hat er genügendes Zeug-nis für seine unvergleichliche Großmut abgelegt.«

»Was ist das für eine Geschichte?«, fragte Mâhi-Sche-ker; und der Papagei hub an:

Geschichte vom alten Königssohn und der Feentochter

Wie man erzählt, hatte König Behwâdj einen Freund namens Azim, den er sehr hochhielt – einen Mann von angenehmen Manieren und lieblichem Äußern, dessen Unterhaltung ihm so viel Vergnügen machte, dass er ihrer nie überdrüssig geworden sein würde, wenn ihn auch sonst alles in der Welt angeekelt hätte.

Dieser Azim aber war dem Würfelspiel ergeben, und zwar in so hohem Grade, dass er alle Geschenke, die er von dem Könige erhielt, auf das Spiel verwandte. Der König warf ihm diesen Fehler nicht vor; im Gegenteil, er bezahlte seine Schulden und überhäufte ihn mit noch mehr Wohltaten. Darüber freute sich dann Azim; doch blieb sein Zustand derselbe.

Die Wesire suchten ihn nun zu entfernen und redeten zu dem Zwecke dem Könige häufig zu. »O König«, sagten sie unter anderm, »dieser Azim ist ein Verschwender und Vergeuder; der Verschwender aber, heißt es, ist des Teufels Bruder, und dass ein Bruder des Teufels deines königlichen Umgangs gewürdigt werde, ist doch unpassend.« – Auf diese Weise suchten sie den Azim zu züchtigen und ihm die Nähe des Königs zu verwehren. Dieser aber gab ihnen auf derartige Reden keine Antwort und sagte sich von Azim nicht los, er scherzte vielmehr beständig mit ihm und beschenkte ihn.

Der Umstand aber, dass seine Feinde sich so eifrig um seine Entfernung bemüht hatten und der König gegen ihn so gnädig war, beschämte den armen Azim dergestalt, dass er sich eines Tages unvermerkt aufmachte und in der Not mit seinem Weibe die Heimat verließ, um nach fremden Ländern zu ziehen. Nachdem er eine Tagereise zurückgelegt, gelangte er den zweiten Morgen an eine Höhle, in welcher er einige Menschen mit Würfelspiel beschäftigt sah. Da schwollen ihm die Adern der Gier, er kam näher und fing an, in der Hoffnung auf Gewinst an dem Spiele teilzunehmen. Er spielte so lange, bis von seiner Barschaft nichts übrig blieb; dann ließ er sich zehn Goldstücke auf Borg geben, und als er diese nicht zurückzahlen konnte, musste er seine Frau als Pfand lassen. Von wem sollte er nun aber Geld nehmen, um das Pfand wieder einzulösen? Außer dem Könige gab ihm ja niemand etwas. Was sollte er anfangen? Die Not drängte – endlich sprach er bei sich selbst:

> Wo anders geh ich hin? Beschatten
>   Mich hier nicht schwankende Zypressen?
> Wem anders sollt ich dienen? Kann
>   Dich, meinen Herrn, ich je vergessen?

Damit machte er sich auf, um geradenwegs zu König Behwâdj zurückzukehren. – Wie er aber ging, empfand er bald von der Hitze des Weges einen brennenden Durst, sodass er in der Richtung aller vier Himmelsgegenden nach Wasser umhersuchte. Bis zum Abend war er schon hin und her gelaufen, ohne den Labetrunk zu finden, bis endlich nach Sonnenuntergang sein Auge auf einen Gegenstand an einem Bergabhange fiel, der wie ein Brunnenrand aussah. In der Hoffnung, dort endlich Wasser anzutreffen, eilte er hin, band seine Mütze als Schöpfgeschirr an seinen Kopfbund, der ihm als Seil diente, und ließ sie hinab. Als er sich dann aber hinüberneigte, um zu sehen, ob die Mütze bis zum Wasserspiegel hinabreiche, da erblickte er einen goldenen, mit kostbaren Edelsteinen besetzten Thron, der auf dem Grunde des Brunnens errichtet war, und auf ihm ein Mädchen, deren strahlende Schönheit wie eine Sonne das Innere des Brunnens erhellte, ihr gegenüber aber einen abgelebten Greis, dessen Körper zu einem Phantom zusammengeschrumpft war. Der Alte hatte einen großen Kessel vor sich, in welchem Öl kochte, und richtete seine

Blicke bald auf die Glut im Kessel, bald auf das Mädchen.

Dieser Anblick versetzte den Azim in solches Erstaunen, dass er betroffen dastand, ohne sich regen zu können, und, ohne sein Seil wieder aufzuziehen, das schöne Mädchen angaffte. Sie aber sah von ihrem Sitze in die Höhe, wo ihre Augen sich mit denen des Azim begegneten. Sie hielt denselben wegen des Aufzuges, in dem sie ihn erblickte, für einen Bettler, der um Gottes willen ihre Mildtätigkeit anspreche, weshalb sie denn von ihrem Arm ein einzelnes Armband abstreifte und es in die Mütze warf, welche Azim, um Wasser zu schöpfen, herab gelassen hatte. Darüber erstaunte dieser noch mehr, sodass er auch jetzt seine Mütze nicht heraufzog, sondern noch ferner das Mädchen anstarrte. Sie meinte nun, dass ihm das eine Armband wohl zuwenig bedünke und er es deshalb anzunehmen sich weigere: Ohne sich zu besinnen, streifte sie demnach das Gegenstück von dem andern Arme ab und legte es gleichfalls in die Mütze. Nun nahm sich Azim zusammen und zog die Mütze in die Höhe.

Als er aber die Armbänder betrachtete, geriet er ganz außer sich; denn selbst in der Schatzkammer des Königs Behwâdj hatte er keine Edelsteine wie diese gesehen. Er steckte sie also zu sich und ging geradenwegs zur Stadt.

Den folgenden Morgen brachte er, da er sich vor dem König Behwâdj schämte, die beiden Armbänder einem Goldschmied, um sie zu verkaufen. Kaum hatte aber dieser die daran befindlichen Edelsteine erblickt, als er auf den Azim lossprang und ihn mit den Worten festhielt: »Dies ist gestohlenes Gut, du hast den Schmuck aus dem Schatze des Königs entwendet.« – Von allen Seiten drängten sich nun Leute hinzu, die dem Streit die verschiedenartigsten Anlässe unterlegten, wie man im Sprichwort sagt: ›Der eine schlägt das Hufeisen und den Nagel der andere.‹

Zuletzt ging der Goldschmied zum König Behwâdj und überreichte eine Bittschrift des Inhalts, dass er einen Dieb ergriffen habe. Infolgedessen rief ihn der König zu sich und befahl ihm, seinen Dieb herzubringen. Dies geschah, und Azim erschien vor dem Könige, der ihn sofort erkannte und ausrief: »Den du mir hier als Dieb vorführst, ist unser armer Azim, den ich seit einigen Tagen vermisste.« – Alsdann ließ er ihn vor sich treten und fragte ihn neugierig, wo er gewesen sein möge: »Was hat es denn mit dieser Verleumdung auf sich, der du anheim gefallen bist? Und«, fügte er nach einigen begütigenden Worten hinzu, »wie bist du zu diesen Armbändern gekommen?«

Azim teilte nun von Anfang bis zu Ende mit, was sich mit ihm zugetragen hatte, und erzählte namentlich, was er in dem Brunnen gesehen und wie die Armbänder noch zur Stunde dem im Brunnen auf dem Throne sitzenden Mädchen angehörten. Diese Mitteilung setzte den König Behwâdj in das höchste Erstaunen, und er sprach: »O Azim, ich weiß, dass du keine Lügen redest; wenn ich aber jetzt mit dir käme, würdest du da jenen Ort wiederfinden?« – »O ja, mein König«, antwortete Azim, »ich würde ihn finden.«

Der König wartete nun bis zum Anbruch der Nacht und machte sich dann mit Azim nach der besagten Gegend auf, welche sie auch bald erreichten. Sie eilten sofort zu dem Brunnen, und da König Behwâdj sich über den Rand beugte, da sah er das Mädchen, den Alten und den Kessel mit Öl, alles ganz, wie ihm Azim gesagt hatte. Bei diesem Anblick konnte er sich nicht halten, sondern rief von der Öffnung des Brunnens hinab: »Wer seid ihr?« – Diese Frage begleitete er mit so inständigen Bitten, dass die auf dem Throne sitzende Frau durch sie erweicht wurde und ihm antwortete: »Ich bin die Tochter des Feenkönigs; dieser schwache Greis da vor mir aber ist seit seiner Jugendzeit in mich verliebt, und da bin ich denn seit zweiundsechzig Jahren ihm zu Gefallen mit ihm in diesem Brunnen geblieben. Aus Mitleid und Gottesfurcht kann ich den greisen Liebhaber nicht verlassen und fortgehen, und doch kann ich ihn auch nicht heiraten; denn ich gehöre dem Geschlecht der Feen an, deren Leiber ätherisch-fein und nicht körperlich-grob wie die der Menschen sind. Nun könnte er sich freilich von der Körperlichkeit befreien, wenn er sich zu dem Ende in diesen siedenden Kessel stürzen wollte, und ich rede ihm zu, er solle dies tun, um dann wie lauteres Gold, durch die Glut geläutert, an dem klaren Born meiner Liebe seinen Durst zu löschen. Aber er hat noch nicht den Mut dazu gehabt, und so sind wir auf dem alten Fleck geblieben: Er erwirbt sich durch die Läuterung im Kessel meine Hand nicht, und ich kann auch den Ärmsten nicht verlassen und fortgehen. Das ist unsere Geschichte!«

Nachdem sie also gesprochen, hub der Alte an: »In diesen Kessel würde ich mich schon gern stürzen, denn dem Tode gehe ich willig entgegen. Nur besorge ich, dass der Tod mich des Vergnügens berauben wird, das schöne Angesicht meiner Geliebten anzusehen. Das ist meine einzige Furcht.« – »O Greis«, rief darauf König Behwâdj dem Alten zu, »ist die Masse, die dort in dem Kessel kocht, derart, dass sie einen Menschen umbringt, oder nicht? Und wenn nun ein Mensch hineinsteige und die Probe machte, würdest du da nachher Mut fassen?« – »Freilich«, antwortete der Alte, »wenn vorher jemand die Probe bestände, würde auch ich hineingehen.«

Kaum hatte der König diese Antwort vernommen, als er – sein edles Leben solchergestalt für den unglücklichen Liebhaber aufopfernd – sich entkleidete und in den Kessel, diesen Abgrund des Verderbens, hineinsprang. Nach einstündigem Verweilen kam er aber wieder daraus hervor, und da war wirklich das Menschlich-Irdische von ihm verschwunden, er war gleichsam zu prüfsteinbewährtem Golde geworden! – Als die Feenjungfrau ihn also erblickte, stieg sie von ihrem Throne herunter, neigte ihr Haupt und legte ihr Antlitz vor ihm auf den Boden. Dabei rief sie ihm zu: »Das ist ja herrlich, nach einstündiger Bekanntschaft hast du dich schon meiner Hand würdig gemacht!« – »Nicht doch«, antwortete ihr König Behwâdj, »deine Liebe zu gewinnen, war nicht meine Absicht. Was ich getan, geschah nur zu dem Zwecke, diesem schwachen Alten Mut einzuflößen. Du aber sollst meine Tochter sein für diese und die andere Welt.« – Damit befahl er dem Alten, in den Kessel zu steigen. Der Greis kleidete sich nun aus und tat, wie ihm geheißen. Auch er verweilte in dem Kessel eine Stunde lang, worauf er, der Vermählung mit der Feentochter würdig, vollkommen rein und glänzend wieder hervorkam.

Der Alte küsste nun dem König Hände und Füße, und letzterer küsste ihn auf die Stirn und hieß ihn, sich neben das Mädchen auf den Thron setzen, wo sie ihren silbernen Arm um des treuen Liebhabers Nacken schlang.

Die schöne Maid, mit tausend Tändeleien
Der Liebe küsste sie den Vielgetreuen.

Also gelangte der unglückliche Liebhaber in den Besitz seiner Holden, welche ihm auch ihrerseits ohne Rückhalt Herz und Hand schenkte; beide aber segneten und priesen den, der sie vereinigt hatte.

Glücklich, eine gute Tat getan zu haben, machte König Behwâdj sich dann wieder auf den Weg, und bald war er in seinem Palaste angelangt und hatte auf dem Throne seiner Herrschaft, dem Polster seiner Würde, Platz genommen. Er befahl nun, Azims Frau zurückzuholen, und machte es ihm selbst zur heiligen Pflicht, in Zukunft dem Würfelspiel zu entsagen, worauf sie bis an das Ende ihrer Tage in Freude und Lust ein genussvolles Leben führten.

»Auch diese Geschichte«, fuhr der weise Papagei fort, »ist zum Gedächtnis jenes großmütigen Königs aufbewahrt worden; sie liefert den deutlichen Beweis, dass er, um Liebende ihrer Wünsche teilhaftig werden zu lassen, selbst seines Lebens nicht schonte.« – Mâhi-Scheker gestand nun ein, dass Behwâdj ein Gut und Blut aufopfernder Fürst gewesen sei, und dass sie keinen Einwand mehr zu machen habe. Dann sprach der Vogel zu ihr: »O Mâhi-Scheker, siehe, auch ich bin mit der äußersten Anstrengung darauf bedacht, dir zur Erreichung deiner Wünsche behilflich zu sein und dich mit deinem Geliebten zu vereinigen. Wolle der Höchste uns dies vergönnen, und wolle er es leicht machen! Jetzt zaudere nicht, sondern eile zu deinem Geliebten.«

Tändelnd und lächelnd trat darauf die junge Frau heraus; aber da sah sie, dass von des Horizontes Feenangesicht – auftauchte das Sonnenlicht – und dass der glänzende Tagesstern – die Erde beschien nah und fern. – Ihr Wunsch blieb also abermals unerreicht, und sie musste sich bis zur folgenden Nacht gedulden.

ELFTER ABEND

Den nächsten Tag über verhielt sich Mâhi-Scheker geduldig und ruhig und sang folgende Verse, sich gleichsam einbildend, dass ihr Geliebter dieselben an sie richte:

Wo die Rosen deiner Wangen
Mir nicht mehr vor Augen prangen,
    Find ich auf der Erde Flur,
    Weh! Statt Rosen Dornen nur.

Leuchtet mir nicht mehr zur Wonne
Deines Angesichtes Sonne,
    Weh! Da wird mein Tag zur Nacht,
    Schwarz wie deiner Locken Pracht.

Du entfliehst und zeigtest nimmer
Mir noch einen Gnadenschimmer?
    Schöne Heidin! – Wehe mir,
    Der um dich gelitten hier.

Also brachte sie ihre Zeit hin; bisweilen legte sie aber auch ihre Schmucksachen an und machte sich zu dem Besuche bei ihrem Freunde fertig. Als es endlich Abend geworden war, trat sie zu dem Käfig des Papageien und verlangte von ihm die Erlaubnis, zu ihrem Geliebten zu gehen. Der Vogel bemerkte wohl, dass ihre Sehnsucht nach dem schönen Jüngling den höchsten Grad erreicht hatte, weshalb er es für das Beste hielt, zu schweigen und gar keine Antwort zu geben. Sie wiederholte ihre Bitte, der Papagei aber brach sein Schweigen nicht; kurz, sie sah, dass kein Wort aus ihm herauszubringen war. Da sprach sie: »O du Redefeiner – Engelreiner – sprich, ist etwas unter uns vorgekommen – das du übel genommen? – Oder hat dir Verdruss und Missbehagen – irgend verursacht mein Betragen?« – Ihr antwortete der Papagei: »Glückselige Gebieterin, wie wäre es möglich, dass ich dir etwas übel nähme, da doch dein ganzes liebliches Selbst vom Haupte bis zur Zehe huldig ist und solche Anmut und Schönheit wie die, mit der du begnadigt worden bist, von dem Allerhabenen sonst keinem Wesen verliehen ward? Ich war eben nur im Nachdenken über deine Angelegenheit vertieft.« – »O Papagei«, antwortete die junge Frau, »wenn du wirklich über meine Angelegenheiten nachgedacht hättest, da würdest du gewiss schon eine Veranstaltung getroffen haben, mich mit meinem Geliebten zu vereinigen.« – »Ach, meine Herrin«, entgegnete der Vogel, »kann man lebendigere Wünsche für dein Wohl haben als ich, der ich nächtelang bis zum Morgen über deine Sache hin und her sinne, sodass der Schlaf meinen Augen versagt ist? Nur hat mir's bis dahin an der Gelegenheit gefehlt, dir meine Aufrichtigkeit zu beweisen; wir sind ja von alters her gewohnt zu sehen, dass die Treue eines Dieners nicht immer gleich zu Anfang klar wird. So zürnte einst König Kobad seinem aufrichtigen Papagei erst wegen einer Frucht und stand im Begriff, ihn umzubringen, als Gott den Vogel rettete und seine Treue offenbarte. Ebenso wird auch meine Treue dereinst offenbar werden.« – Da fragte Mâhi-Scheker: »Was ist das für eine Geschichte?«, und der Papagei hub an:

Geschichte vom König Kobad und seinem Papagei

Die Erzähler von Erlebnissen – und Begebnissen – und Geschichten – berichten – dass im Lande Syrien einmal ein armer Jägersmann ein Netz ausspannte, um Papageien zu fangen. Einer dieser Vögel geriet hinein und wurde so von dem Jäger gefunden, welcher ihn herausnahm und voll Freude zum Verkauf auf den Basar trug. Daselbst aber machte der Vogel denen, die ihn anzusehen gekommen waren, so viele feine Scherze vor, dass ein jeder ihn lieb gewann, weshalb auch der arme Jäger, da er so schöne Eigenschaften an ihm entdeckte, einen sehr hohen Preis für ihn verlangte. Sein Ruf gelangte endlich bis zu den Ohren des Schachs Kobad, des Königs von Damaskus, der sich auf bloßes Hörensagen in ihn verliebte und sogleich ihn zu kaufen befahl. Man zahlte also dem Jäger den verlangten Preis und brachte den Papagei dem Könige, welcher den Käfig neben sich aufhängen und die anmutvollen Reden des Vogels sich zur steten Unterhaltung dienen ließ. Bald fand er an seinem Verstande und seiner Weisheit so viel Wohlgefallen, dass er ihn in Betreff der Staatsregierung und namentlich wegen der Welt unbekannter Kronangelegenheiten heimlich zu Rate zog und nach seinen Worten handelte. Hat doch auch Mohammed gesagt:

> *Wer* da spricht, das frage nicht;
> Aber merke, *was* man spricht.

So dachte auch er nicht etwa, sein Papagei sei ja nur ein Tier, das nichts wissen könne, sondern er sah auf die Aufrichtigkeit der Gesinnung und den Scharfsinn der Gedanken und verfuhr dann nach dem empfangenen Rate. Jene Eigenschaften genügten, dem Vogel seine Hochachtung zu erwerben, wie es ja überhaupt bei gerechten Königen ein schöner Gebrauch ist, wenn sie einen ihrer Diener als treu erkannt haben, nicht auf seine hohe oder niedrige Geburt zu sehen, sondern sie um die Reichsangelegenheiten zu befragen und ihre Ratschläge, sofern sie richtig sind, zu genehmigen.

In Schach Kobads Achtung stieg also der Vogel immer höher, und täglich wurden ihm mehr Ehren erwiesen. Also verflossen mehrere Jahre. Als einst der König sich in gewohnter Weise mit ihm unterhielt, erzählte er ihm eine anmutige Geschichte, welche den König so sehr belustigte, dass er ausrief: »O Papagei, hast du gar keinen Wunsch, durch dessen Gewährung ich dir meine Huld beweisen könnte?« – Der Vogel antwortete:

>>Allzeit diene, König, deine Schwelle
Hilfsbedürftigen als Ruhestelle,
    Auf dir ruhe Gottes Wohlgefallen,
    Bis des Weltgerichts Posaunen schallen!

Welchen Wunsch sollte ich hegen? Steh ich doch vor
dir als ein niedriger Knecht – als ein verworfener Sklav,
elend und schlecht! – Dein Dienst ist's, der mich erhebt
und beglückt – deine Unterhaltung ist's, die mein kran-
kes Herz erquickt. – Ich halte mich an den Spruch:

    Macht und Herrlichkeit auf Erden
    So von mir verstanden werden:
    >Besser Sklav an deiner Türe,
    Denn dass ich die Welt regiere< –

weshalb auch mit hellem Schall – meiner Seele Nachtigall – diese Verse anstimmt ohn' Unterbrechen – die
meiner Lage entsprechen:

    Zum Wächter hat der Sultan mich an seinem Tor
        bestellt,
    Am Tor, wo der Befehle harrt gehorsam alle Welt,
    War solch ein ehrenvolles Amt dem Ridhwân[*]
        angetragen,
    Fürwahr den Dienst an diesem Tor hätt er nicht
        ausgeschlagen.

[*] D. i. dem Hüter des Paradieses.

›Die Heimatliebe aber‹, sagt das Sprichwort, ›gehört zu den Glaubensartikeln‹, und meine Sehnsucht nach den Verwandten in der Heimat ist unendlich groß. Gleichwohl fürchtete ich mich, dir dies, o Herrscher, vorzutragen; denn ich dachte, es möchte dich deinem Sklaven entfremden und deine Gunst erkalten lassen. Da du nun aber mir Unwürdigem so viel Gnade zu erweisen geruhest, so bitte ich dich, du wollest als Zeichen deiner königlichen Gunst mich, deinen Knecht, aus der Haft des Käfigs befreien und mich zu meiner Familie reisen lassen. Habe ich einmal meine Kinder und meine Sippschaft wiedergesehen, dann werde ich nicht lange verziehen, sondern alsbald wiederkehren, um in den Staub deiner Füße mein Angesicht zu legen.«

Schach Kobad hatte Mitleid mit dem Vogel und ließ ihn frei, worauf er seinen Flug nahm und der Heimat zueilte. Daselbst sah er seine Verwandten und Bekannten wieder und erzählte ihnen, wie's ihm ergangen. Alle segneten und priesen den König, den Weltenhort, und erwähnten ihn untereinander mit Lob und Ruhm; auch gaben sie dem Heimgekehrten den Rat, er solle nun auch seinerseits dem Könige eine Wohltat erweisen. Darauf entgegnete der Papagei: »Was könnte ich einem so gewaltigen Könige zuliebe tun, das für seine mir erzeigte Wohltat die rechte Vergeltung wäre?

Vor mutigen Männern will dies nicht geziemen,
Dich deines eignen Mutes zu rühmen.
Hier aber ist des großen Königs Schwelle,
Gar viele Tapfre hüten diese Stelle.

Wie wäre ich nun imstande, ihm Gutes zu tun?« – Seine Verwandten aber antworteten ihm: »Da trotz der allgemeinen Treu- und Lieblosigkeit der Menschen jener König gegen dich so gnädig gewesen ist, so musst du dich wenigstens auch nach besten Kräften bemühen, deinen Verpflichtungen nachzukommen. Heißt es doch auch im Sprichwort:

> Kannst du nicht das Große fassen,
> Sollst drum nicht das Kleine lassen.

Bist du also zu nichts anderem fähig, so sollst du dir wenigstens die Mühe geben und nach dem Reiche der Finsternis gehen, dort aber den Lebensquell aufsuchen, von dem den Quell beschattenden Baume eine Frucht brechen und diese deinem Wohltäter überbringen, auf dass er esse und ewiges Leben erlange. Leistest du ihm diesen Dienst, so genügst du einigermaßen deiner Schuldigkeit.«

Der Papagei nahm den Rat an und eilte in raschem Fluge dem Reiche der Finsternis zu. Als er den Baum über dem Lebensquell erreicht hatte, brach er eine Frucht von demselben ab, nahm sie in seinen Schnabel und brachte sie dem Schach, dem er sie als Geschenk überreichte.

Schach Kobad nahm die Gabe an. »Dein Geschenk«, sprach er, »ist mir sehr willkommen; was aber das Genießen der Frucht anbetrifft, so werde ich ganz so verfahren, wie Salomo (über dem Segen sei!) verfuhr. Gleichwie dieser große Prophet vom Lebenswasser

nicht getrunken, so werde auch ich von der Lebens-
frucht nicht essen.« – »Aber«, fragte ihn hier der Papagei, »woher denn, du mächtiger König, weißt du, dass
Salomo nicht vom Lebenswasser getrunken?« – »O Papagei«, antwortete der König, »das ist eine merkwür-
dige Geschichte; ist es möglich, dass du sie nie gehört
hast?« – »Meine Lebtage«, versicherte der Papagei,
»habe ich nicht davon gehört. Wie gern vernähme ich
sie aus deinem perlensprühenden Munde! Habe doch
die Güte und geruhe mir zu erzählen; was ist das für
eine Geschichte?« – Worauf Schach Kobad anhub:

Legende von Salomo und dem Igel

In glaubwürdigen Schriften steht aufgezeichnet, dass
ein jeder von den großen Propheten (über denen Heil
und Segen sei!) einmal auf dieser Erdenwelt zur Wahl
zwischen Leben und Tod berufen worden ist, wie ja
auch ein heiliger Ausspruch Mohammeds lautet: ›Es
gibt keinen Propheten, der nicht einmal zur Wahl berufen worden wäre.‹ Der Wunsch, in der Gnade des All-
barmherzigen endlich aufzugehen, ließ sie aber sämt-
lich den Tod unbedingt dem Leben vorziehen.

Während nun Salomo die Welt beherrschte, brachte
ihm eines Tages Gabriel der Getreue von Seiten des
Weltenherrschers einen Becher mit Lebenswasser, welchen er mit folgenden Worten überreichte: »O Salomo,
der allgnädige König grüßt dich und sendet dir, um
dich zu ehren und dir seine Gunst zu beweisen, dies

Lebenswasser. Du hast also die Wahl: willst du, so trinke, und du bist des ewigen Lebens teilhaftig; willst du aber nicht, so enthalte dich des Trunkes, dann wirst du, wenn die Zeit kommt, zur Gnade des Allgnädigen eingehen.«

Salomo glaubte sich nun in einer so wichtigen Angelegenheit nicht übereilen zu dürfen, sondern eingedenk des Spruches: ›Sicher geht – wer sich berät‹, versammelte er seine Weisen zu einer Ratsversammlung. Alle aber, die dieser beiwohnten, suchten ihn zu bewegen, das Wasser zu trinken und so zum ewigen Leben zu gelangen. Er beriet sich dann auch mit den Tieren und dem ganzen Geschlecht der Vögel; aber auch da war niemand, der ihn nicht zum Trinken ermutigt hätte, mit einziger Ausnahme des Chârpuscht, das ist das Tier, welches wir Igel nennen. Dieser trat vor und sprach, seine Stirn auf den Boden legend, nachdem er durch Lob- und Segensprüche den Pflichten der Etikette genügt hatte: »O Salomo, freilich sagt man, dass der Widerspruch mit allen aus der Macht des Irrtums stamme; indessen ist mir in aller Demut in Betreff der vorliegenden Frage ein Gedanke gekommen, den ich, wenn du gnädig erlaubst, dir vortragen möchte.« – Ihm antwortete Salomo: »O Chârpuscht, dies hier ist eine Ratsversammlung, vornehm und gemein – groß und klein – arm und reich – ist hier alles gleich! – Von Widerspruch ist aber nicht die Rede, denn alles, was man über die Sache sagen kann, ist heilbringend und segenvoll. Drum lass hören.« – »Mein König«, sprach darauf der Igel, »ist das durch die Gnade des Allerbarmenden dir zuteil gewordene Lebenswasser außer dir auch für deine Kinder, deine Verwandten und deine weisen Genossen bestimmt? Oder darfst du, großer Prophet, dich allein seiner bedienen? Wenn das Wasser dir in Gemeinschaft mit deiner Familie und deinem Gefolge verliehen ist, sodass alle mit dir leben bleiben, solange Gott will, dann ist es etwas Vortreffliches, dann trinke und gewinne die Seligkeit des Lebens. Ist es dagegen nur für dich bestimmt, dann halte ich's nicht für klug, davon zu trinken. Denn ich zweifle nicht, wenn du sähest, wie von deinem Hause und deiner Verwandtschaft – deiner Sippschaft und Bekanntschaft – und von deinen Genossen – den edlen, großen – bei diesem Festmahl heut dieses und morgen jenes Lebensbecher voll gegossen – und übergeflossen – und die Frist seines Daseins würde abgeschlossen – sodass sie, einer nach dem andern – in das Reich des Jenseits würden hinüberwandern – da würde dir jede neue Trennung eine herbe Pein – ein Anlass zu tiefer Betrübnis sein! – Dieser Brand – würde durch langen Lebens Lust nicht abgewandt – und wäre einmal verflogen – dieses Weines Rausch, und verzogen – da würde durch des Genusses Süßigkeit – die leere Nüchternheit – nicht aufgewogen.«

Also beschloss der Igel seine Rede; Salomo aber antwortete ihm: »O Chârpuscht, dieses Lebenswasser zu trinken, ward nur mir verstattet, keinem andern. Deine Rede ist wahr – alle deine Worte sind wohlratend, lauter und klar – deiner Einsicht und Klugheit sei Heil! –

Der Vorzug der Weisheit ward hier dir zuteil. – Wie du geraten, so werde ich tun.« – Also sprach Salomo und trank das Lebenswasser nicht.

»Diese Geschichte«, fuhr Schach Kobad fort, »habe ich dir vorgetragen, um dir zu zeigen, wie ich in Beziehung auf diese Frucht jenen großen Propheten nachahme, indem ich nicht auf unendliche Zeit in dieser schlechten Erdenwelt fortleben will. Je eher, je lieber mein Dasein auf schöne Weise beschließend zu dem unvergänglichen Liebling meiner Seele zu eilen und der Gottnähe teilhaftig zu werden, ist mein innigster Wunsch. Meine Ansichten sind ganz dem folgenden Verse gemäß:

Wie lieblich ist's, am Hochgenuss
    Der reinen Liebe sich erquicken!
Wie süß, im Sehnsuchtsschmerz zu flehn;
    Könnt ich doch einmal Ihn* erblicken.

O Mörder**, zieh den scharfen Stahl,
    Lass nicht von deiner Amtsverrichtung;
Kein Wasser löscht der Liebe Durst,
    Den Durst löscht Tod nur und Vernichtung!« –

* Nämlich Gott. Der mystische Sinn dieser Verse ist verständlich.

** Azrael, d. i. der Todesengel.

Der treue Papagei fand, dass Schach Kobad durchaus Recht habe. »Mein König«, sprach er, »deine kostbaren Worte bezeugen mir deine Hochherzigkeit. Wäre es aber nicht gut, den Kern dieser Frucht irgendwohin zu pflanzen? Die neue Frucht, die wir da erzielen, würde nicht dieselbe Kraft haben wie diese alte; sie würde, da durch die Veränderung des Standortes das, was auf den Ursprung dieser einwirkte, dort wegfällt, das ewige Leben nicht zu verleihen vermögen. Dagegen würde durch ihren Genuss ein alter, abgelebter Mann die Kraft eines Jünglings wiedererlangen.«

In dieser Weise lobte der Papagei die Frucht, und Schach Kobad ließ sich gern bewegen, ihren Kern an einem wohlbehüteten Platz unter Aufsicht eines besonderen Gärtners pflanzen zu lassen. Alsdann verfloss eine geraume Zeit, und aus jenem Kern war ein Baum geworden, der einige Früchte trug. Eines Tages bemerkte der Gärtner, dass eine derselben zur vollkommenen Reife gediehen und abgefallen war; er hob sie sofort auf, legte sie auf eine Schüssel und brachte sie dem Schach Kobad.

Von dem Wunsche beseelt, dass ihr Herr wieder jung und körperlich frisch und kräftig werden möge, bemühten sich nun die in dem Empfangssaale des Königs anwesenden Wesire, ihn zum Genuss der Frucht zu vermögen. Aber gleich andern erleuchteten Herrschern war auch Schach Kobad besonderer höherer Eingebungen und göttlicher Gnadengaben teilhaftig, sodass er antwortete: »Bevor ein Versuch gemacht worden, erlaube ich niemandem von dieser Frucht zu essen und werde auch mir selbst den Genuss versagen.« – Alsdann ließ er aus dem Gefängnisse einen bejahrten Verbrecher, der das Leben verwirkt hatte, her holen und befahl, ihm die Frucht zum Essen zu reichen. Kaum war aber dies geschehen, als der Leib des Alten anschwoll und grün wurde, worauf er alsbald verschied, während gelbes Wasser aus seinem Körper heraus floss.

Als der König dies sah, war er außer sich; aber auch die Versammlung war höchlich verwundert, und der arme Papagei hätte vor Staunen und Schrecken fast den Verstand verloren. Schach Kobad aber erwog die Sache bei sich näher. »Dieser Papagei«, dachte er, »hat den Weg der Undankbarkeit eingeschlagen und sich mit arglistigen, heimtückischen Gedanken dem Betruge zugewandt. Um mich umzubringen, hat er uns Gift gegeben und dabei versichert, es sei Lebensbalsam. Dafür muss eine Strafe verhängt werden, auf dass andere Verräter sich daran ein Beispiel nehmen. Indessen ist immer möglich, dass, so sehr die Sache äußerlich als Betrug erscheint, doch dabei etwas anderes verborgen wäre; und wenn dem Papagei kein Verbrechen zur Last fiele, dann möchte ich ihn doch nicht ohne alles Recht als Unschuldigen töten und einen durch nichts gerechtfertigten Mord auf mich laden. Bevor man zu einer Hinrichtung schreitet, ist es Pflicht, immer erst so lange als möglich anzustehen und die Sache hinzuhalten. Eine Hinrichtung zu vollziehen, ist immer in unserer Hand; aber es ist ein alter Spruch, dass ein abgeschnittener Kopf nicht auf seine Stelle zurückkehrt und seinem Herrn nicht mehr nützt. Wenn man einmal das

›Gebäude Gottes‹ zerstört hat, da muss man darauf verzichten, das Leben zurückzurufen; das ist nicht möglich. Deshalb will ich mich nicht übereilen, sondern auch einmal hören, was der Papagei sagt.«

An diesen wandte er sich sodann mit der Frage: »O Papagei, was hast du von mir für Leides erfahren, dass du also meinem Dasein ein Ende zu machen beabsichtigtest? Sind die Könige nicht die Seele der Welt? Sind ihre geheiligten Personen nicht der Grund alles Guten unter den Völkern? Dem Könige schaden wollen, heißt, der ganzen Welt schaden wollen, und dementsprechend ist auch die Größe der Sünde. Wie hast du nun, da dies alles unzweifelhaft richtig ist, zu einem solchen Vergehen dich erfrechen können?«

Der Papagei wagte kaum vom Knie des Nachdenkens die Augen aufzuschlagen; aufs Tiefste beschämt hub er endlich an: »O König, möge der Allerhalter deine glückselige und hochgesegnete Person vor Fehltritten und Unglück bewahren – und meine Jahre beifügen deinen Herrscherjahren! – Möchte doch dein Knecht als Opfer für dich fallen! Gott verhüte, dass ich gegen dich hätte Arglist üben und dich zu Schaden bringen wollen. Der Allheilige kennt mein Herz, ich habe jene Frucht von der Quelle des Lebenswassers als köstlichstes Elixier, als Stein der Weisen hergeholt. Dies ist buchstäblich wahr! Nun bin ich aber erstaunt über das, was sich hier begeben, dass das Lebenswasser nicht Leben, sondern den Tod gegeben! Ich flehe aber, o König, du wollest dich mit meiner Hinrichtung nicht übereilen; mein Tod steht ja, sobald du ihn zu beschließen geruhest, in deiner Hand; vielmehr bitte ich, lass uns noch einmal in den Garten gehen, von dem bewussten Baume eine zweite Frucht pflücken und dieselbe einem andern lebenden Wesen zu essen geben. Vielleicht dass der Beschützer der Wahrheit – mit Sonnenklarheit – hier ein Geheimnis offenbare – er, der Allwahre!«

Schach Kobad und die Großen der Krone – und die da nahe standen dem Throne – fanden insgesamt diese Rede verständig. Die ganze Versammlung begab sich also in den Garten. Als man aber bei dem fraglichen Baume anlangte, da sah man in einem Winkel, mannigfach zusammengerollt, eine ungeheure Schlange liegen, welche an Größe einem Drachen gleichkam und deren Hauches Dunst, wenn sie zum Atmen den Mund auftat, tödliches Gift durch den ganzen Garten ergoss. Schach Kobad wurde alsbald benachrichtigt; er eilte herbei, und nachdem er mit eigenen Augen das Ungetüm gesehen, kehrte in sein Herz allmählich die Ruhe zurück. Er rief nun den Gärtner herbei und fragte ihn, von wo er die Frucht genommen, die er gebracht habe. – »Ich habe sie«, antwortete derselbe, »nicht von dem Baume gebrochen, sondern sie, als ich morgens aufstand, abgefallen auf der Erde gefunden. Da nahm ich sie, legte sie in eine Schüssel und brachte sie dir.« – Diese Worte trugen ebenfalls zur Entfernung des Verdachts bei.

Schnell ließ nun der König einen andern Greis herbringen und gab ihm eine Frucht, die er selbst abgebrochen hatte, zu essen. Kaum war dies geschehen, so stand der Alte als ein lieblicher vierzehnjähriger Knabe da –

der Herbst seiner Jahre war in den blühendsten Jugendlenz verwandelt worden. So erkannte man, dass das tödliche Gift durch die Berührung der Schlange der frühern Frucht mitgeteilt worden war. Dass dieselbe aber ihrem eigenen Wesen nach nur Leben geben könne, war allen so klar, dass alle Familienglieder des Königs und sogar seine Untertanen, vornehm und gering, davon zu essen begehrten und also zu neuer Jugendfrische gelangten.

Also wurde die Wahrhaftigkeit des Papageien offenbar, und er wurde der Wohltaten und der Gnade des Schachs teilhaftig.

»Diesem aufrichtigen Vogel nun, o Mâhi-Scheker«, fuhr der weise Papagei fort, »bin auch ich zu vergleichen; auch meine Treue und Wahrhaftigkeit hat sich noch nicht beweisen können, später aber wird sie offenbar werden. Das ist meine Hoffnung, dass der Allmächtige mir eine Gelegenheit geben möge, dich davon zu überzeugen. Ich bitte dich nun, deinen Besuch bei deinem Geliebten keinen Augenblick mehr zu verschieben und ihn, dessen Herz für dich in Leidenschaft glüht, von dem schmerzlichen Harren zu erlösen.«

Diese Worte trösteten die junge Frau vollkommen, und sie machte sich auf zu ihrem Freunde. Aber da sah sie, dass mit des Morgens Helle – wie des Lebenswassers Quelle – nach dem Dunkel der Nacht – zum Leben die Welt ward gebracht – und zur Wonne – die Sonne – und dass die Welt – und was sie enthält – gleich der Treue des Vogels klar ward und erhellt – und strahlte von

lauterem Licht – wie von Freude Schach Kobads Angesicht. – Ihr Wunsch ging also abermals nicht in Erfüllung, und sie musste sich auf den folgenden Abend vertrösten.

Nun weicht, ihr armen Leute, weicht!
Und sei es euch gesagt,
Es hat der hohe Diwan
Auf morgen sich vertagt!

Mâhi-Scheker geduldete sich auch diesen Tag bis zum Abend. Als sich aber die ganze Welt in den schwarzen Schleier des nächtlichen Dunkels gehüllt hatte, trat sie an den Käfig des Papageien und sprach:

> »Ach, dass mich um eine Rose
> Solchen bittern Grames Dorn gestochen!
> Dass ich klagen muss wie Bülbül,
> Dem der Liebesschmerz das Herz gebrochen!

Ach, mein Vogel, Barmherzigkeit, Barmherzigkeit! – Weißt du keine Arznei gegen mein Liebesleid? – Kein Mittel, das die Vereinigung mit meinem Freunde mir gewährt – ohne dass die Welt es erfährt? – Sage nun – was soll ich tun?« – »Von Seiten der Welt«, antwortete der Papagei, »befürchte nichts! Hast du doch nur mich, deinen Knecht, in dein Geheimnis eingeweiht und sonst niemanden. Deshalb wird auch niemand etwas davon erfahren. Lass darum jetzt die Gelegenheit nicht ungenutzt verstreichen, sondern eile zu deinem Freunde! Ich habe auch nicht die mindeste Lust, dir diese Nacht Märchen zu erzählen; einige ebenso nütz-liche als kurze Lehren darf ich dir aber nicht vorenthalten. Merke wohl darauf und handle ihnen gemäß, du wirst sie in jeder Lage sehr ersprießlich finden. Vor allen Dingen sollst du dich gar wohl hüten, wenn du mit dem schönen Jüngling beisammen bist und ihr euch unterhaltet und koset und du dich ihm gnädig erzeigst, von den Geheimnissen, die du im Herzen hegst, etwas zu verlautbaren; – kein Düftchen, kein Sonnenstäubchen darfst du davon mitteilen, sonst möchtest du es bereuen, gleichwie der Wesirssohn bereute, sein Geheimnis seiner Frau mitgeteilt zu haben.«

»Was ist das für eine Geschichte?«, fragte Mâhi-Scheker, und der Papagei hub an:

Geschichte vom Kaufmann und Wesirssohn

Wie man erzählt, lebte einst in einer Stadt Iraks ein Kaufmann namens Chodja Hussâm. Dieser unternahm einst eine Handelsreise nach Indien, machte in den dortigen Landesprodukten bedeutende Einkäufe, zahlte für sämtliche erstandene Waren den Preis und war eben im Begriff abzureisen, als ihm noch ein Einfall kam, den er seinen Reisegefährten mitteilte. »Brüder«, sagte er ihnen, »wir haben allerdings von allen Warengattungen eingekauft; nur möchte ich noch eine hübsche Kleinigkeit haben, wie sie sich im Besitze irgend sonst jemandes und überhaupt in fremden Ländern nicht findet.« – »Freund«, antworteten ihm seine Genossen, »vor kurzem ist ein Philosoph hierher gekommen, ein hochgelehrter – in aller Weisheit bewährter – in vielen Künsten geschickter – durch Schätze von Wissen beglückter – dem das Wunderbarste gelingt – der das Seltsamste vollbringt. – Derselbe versteht durch astronomisches und astrologisches Wissen aus Holz einen Papagei zu verfertigen, der alle möglichen Dinge sagt und ein höchst angenehmer Umgangsfreund ist. Etwas Ähnliches ist nie gesehen worden.«

Alsbald begab sich Chodja Hussâm zu jenem ausgezeichneten Gelehrten und ließ sich für vieles Geld einen Papagei, wie hier soeben beschrieben worden, verfertigen. Das Kunstwerk wurde ihm eingehändigt, und in der Tat, ein besserer Unterhalter war nie gesehen worden. Er nahm es, machte sich mit allen Waren und Vorräten auf den Weg und erreichte bald seine Vaterstadt in Irak.

Nun hatte aber der Wesir von Irak einen Sohn, der sehr verliebter Natur war und überall schönen Frauen nachjagte. Dieser hatte während Chodja Hussâms Abwesenheit mit dessen Frau Bekanntschaft gemacht, und bald war ein Liebesverhältnis unter ihnen entstanden. Natürlich hatte Hussâm hiervon keine Ahnung; der Wesirssohn aber erwies ihm der Frau zu Gefallen fortwährend alle möglichen Höflichkeiten und lud ihn häufig zu sich ein.

Als dies einmal wieder nach gewohnter Weise geschehen war und Chodja Hussâm sich im Hause des jungen Mannes mit allen Vornehmen des Landes bei einer glänzenden Mahlzeit befand, fügte sich's, dass in der Unterhaltung ein jeder über seinen Stand und sein Ge-

werbe Mitteilungen machte. Bei der Gelegenheit redete
jemand den Kaufmann an: »O Chodja Hussâm, du bist
doch ein alter Handelsherr und machst häufig Reisen
nach Indien, so erzähle uns denn von deinen Erlebnissen – und wunderbaren Begebnissen.« – Hussâm ging
darauf ein und berichtete von allerlei Wunderdingen,
die er während seiner Handelsreisen gesehen hatte, und
endlich kam er auch auf den Papagei zu sprechen. »In
den indischen Landen«, sagte er, »verfertigt ein weiser,
kenntnisreicher Mann aus Holz Papageien, welche besser als wirkliche Papageien reden und unvergleichliche
Gesellschafter abgeben. Ich habe selbst einen solchen
gekauft und mitgebracht und unterhalte mich mit ihm
auf das Angenehmste.« – Also rühmte er den hölzernen
Papagei.

Sobald aber die Gesellschaft auseinander gegangen
war, sandte der Wesirssohn zu Hussâms Frau und ließ
sich von ihr den Papagei samt dem Käfig ausbitten.
Alsdann berief er einen tüchtigen Künstler zu sich und
trug ihm auf, einen Papagei aus Holz zu verfertigen,
der an Gestalt und Farbe ganz jenem künstlichen
gleichsehe. Diesen behielt er dann zurück, setzte statt
seiner den Nachgemachten in den Käfig, sandte denselben so der Kaufmannsfrau zu und unterrichtete sie
von dem, was er getan habe. »Mein Zweck dabei«, ließ
er ihr sagen, »ist der, dich durch eine List von dem Ehe-
bunde mit Chodja Hussâm zu erlösen und dich dann
selbst zu heiraten. Nur hüte dich wohl, dies Geheimnis
lautbar werden zu lassen.« – Den künstlichen Papagei
setzte er aber in den Käfig und hängte ihn in seinem

Hause auf. In der Tat zeigte er eine Beredsamkeit, welche das Lob des Chodja Hussâm noch weit hinter sich zurückließ, sodass der junge Mann ihn nicht genug rühmen und preisen konnte.

Nun war der Wesirssohn selbst mit einer reizenden jungen Frau verheiratet; dieser erzählte er alles, was sich mit dem Papagei zugetragen, und bat sie nachher, niemandem davon zu sagen. Aber

> Ist dein Geheimnis schon dreien bekannt,
> Da weiß es bald das ganze Land –

dies Sprichwort bewährte sich auch hier.

In jener selben Stadt lebte bei stetem Fasten und Gebet – ein frommer Aszet – ein heiliger Anachoret – mit Namen Abul-Ibâd, welcher ganz heimlich mit der Frau des Wesirssohnes in einem vertraulichen Verhältnisse stand. Diese wusste sich nämlich, wenn ihr Mann den Gattinnen der Gläubigen Fallstricke legte, ganz vortrefflich zu entschädigen, indem sie ihn mit gleicher Münze bezahlte; alles, was ihr Mann ihr anvertraut hatte, erzählte sie dem bewussten Liebhaber.

Nachdem nun der Wesirssohn jenen künstlichen Papagei zurückbehalten und die nachgeahmte tote Gestalt in das Haus des Chodja Hussâm geschickt hatte, bereitete er eines Tages wieder ein Mahl, zu welchem er neben den Vornehmen des Orts auch unsern Kaufmann einlud. Bei dieser Gelegenheit gab er der Unterhaltung bald diese, bald jene Wendung, bis er endlich auch des Papageien erwähnte, und Hussâm, der keine Ahnung davon hatte, dass sein Vogel mit einem andern vertauscht wäre, ergoss sich wie früher arglos in dem Lobe desselben. Der Wesirssohn stellte sich da, als könne er dies nicht glauben, und warf dem Hussâm Unwahrheit vor, welcher seinerseits mit einem Eide versicherte, dass er die Wahrheit rede. Dennoch stellte sich der Wesirssohn, als glaube er es nicht, sodass ein heftiger Wortwechsel entstand, dem der Gastgeber dadurch ein Ende machte, dass er dem Kaufmann zurief: »Wenn das Ding, von dem du sprichst, wirklich vorhanden ist, dann soll alles, was ich habe, dein sein, und zwar mit Einschluss meiner Frau, welche sogleich, ihrer Ehehaften ledig, in deinen Besitz übergehen soll. Wenn aber dein Wort sich als unwahr erweist, willst du dann auch *deiner* Frau den Scheidebrief geben und sie mir überlassen?« – Dies schien dem Kaufmanne annehmbar, und beide verpflichteten sich durch einen Eid auf diese Bedingungen, wobei sie die anwesenden Muselmanen zu Zeugen anriefen.

Bald darauf trennte man sich, und ein jeder ging nach seinem Hause. Als Chodja Hussâm dort angelangt war, hatte er nichts Eiligeres zu tun, als nach seinem Papagei zu sehen, und was erblickte er? Der Vogel öffnete seinen Schnabel nicht, es war nichts als eine leblose Gestalt! Da hub er an laut zu klagen und zu jammern: »Weh mir«, rief er aus, »der indische Künstler hat diesen Vogel mit böser List und Zauberei gebildet. Jetzt, da seine Frist abgelaufen, ist auch seine Redegabe erschöpft; was soll nun aus mir werden?« – Bei diesen Worten fing er an, bitterlich zu weinen. So fand ihn seine Mutter, welche sich sogleich nach der Ursache seines Kummers erkundigte und, als Hussâm ihr umständlich und genau alles, was ihm begegnet war, erzählt hatte, sich, um jenes Unglück abzuwenden, in ein Meer des Sinnens und Überlegens vertiefte. Eingedenk aber des Spruches:

Nur des Weltenschöpfers Gnade
Leite uns zum guten Pfade,
Und aus Gram und Missgeschick
Führt zur Freude sie zurück –

rief sie des Allmächtigen Beistand an und sprach zu Hussâm: »Mein Sohn, dies ist eine unheilbare Krankheit, eine Wunde, für die es weder Pflaster noch Verband gibt, wofern nicht Gott, der Allerhabene, aus seiner Gnadenfülle uns eine Wohltat erweist. Nun hab ich gedacht – an des Landes Irak Preis und Pracht – den Scheich – der an allen Tugenden reich – vor dem alles Wissen erschlossen – der von edlem Stamm entsprossen – Abul-Ibâd, den Anachoreten – der mit reinen Gebeten – jegliches Übel heilt – der durch seine Fürbitte Genesung erteilt – an ihn hab ich gedacht, zu dessen erhabener Schwelle – Well auf Welle – der Strom der Flehenden eilt – durch den jedes Begehren gestillt wird unverweilt; – ihm lass uns diese Geschichte erzählen und ihm zugleich den Papagei bringen. Vielleicht gibt der Allgnadenspendende ihm die liebliche Redekunst wieder, die er früher besaß.«

Chodja Hussâm fand diesen Rat gut; er nahm den Papagei und begab sich damit in das Kloster des Abul-

Ibâd. Nachdem er diesem sein Anliegen vorgetragen, wandte sich derselbe – durch die Frau des Wesirssohnes längst von allem unterrichtet – zu ihm mit der Frage: »Was für eine Wohltat willst du mir erzeigen, wenn ich dem Vogel die Sprache wiedergebe, wie er sie früher besaß?« – »Wenn du das vermagst«, antwortete Hussâm, »so schenke ich dir das ganze Vermögen des Wesirssohnes.« – »Nicht also«, entgegnete Abul-Ibâd, »Geld und Gut verlange ich nicht, mein einziger Wunsch ist die Frau des Wesirssohnes. Wenn du nichts dagegen hast, so werde ich sie heiraten, das Vermögen aber mag dein sein.«

Nachdem sie in dieser Weise einig geworden waren, trennten sie sich. Abul-Ibâd sandte dann rasch zu seiner Freundin und bat, indem er sie von dem Vorgefallenen in Kenntnis setzte, um den bewussten Papagei; zugleich sprach er die Hoffnung aus, dass er auf diese Weise das Glück haben werde, sie sein zu nennen. Die Frau zögerte nicht, ihm den wunderbaren Vogel zu schicken, sodass er gleich den folgenden Morgen den Hussâm zu sich rufen und ihm sein Eigentum mit den Worten übergeben konnte: »Nimm hier deinen Papagei zurück, durch mein frommes Gebet hat er die Gabe der Rede wiedererlangt; nun sei aber auch du deinem Versprechen treu!«

Hussâm nahm den Papagei und ging damit geradeswegs zu dem Wesirssohn, um seine Forderung geltend zu machen, und da die Zeugen die getroffene Verabredung rechtskräftig bestätigten, so wurde nach dem heiligen Ausspruche des Propheten: ›So sie dreimal scher-

zen, ist's Ernst, und ihr Ernst ist Ernst‹, die Frau seines
Gegners von ihm geschieden und sein ganzes Vermögen dem Hussâm zuerkannt. Großmütig wies er dasselbe zurück, ohne das Mindeste anzunehmen; die
rechtskräftig geschiedene Frau aber heiratete nach der
gesetzlichen Frist von drei Monaten Abul-Ibâd. Der
Wesirssohn fiel also selbst in die Grube, die er dem
Kaufmann gegraben hatte.

»Diese Geschichte, o Mâhi-Scheker«, fügte der Papagei hinzu, »enthält eine wohl zu beherzigende Lehre.
Der Wesirssohn geriet einzig dadurch in solches Unglück, dass er seine Frau zur Mitwisserin seines Geheimnisses gemacht hatte. Hüte dich deshalb, dein Geheimnis zu verraten. Jetzt aber zaudere nicht länger,
sondern eile zu deinem Freunde.«

Mit der Anmut einer schwankenden Zypresse machte
sich nun Mâhi-Scheker auf den Weg; aber da sah sie,
dass schon des Morgens Kerzenflamme, gleich dem
Weibe des Wesirssohnes, die Geheimnisse der Nacht
aufklärte. Ihr Wunsch blieb also wieder unerfüllt, und
sie musste sich auf die folgende Nacht vertrösten.

> Nun weicht, ihr armen Leute, weicht!
>   Und sei es euch gesagt,
> Es hat der hohe Diwan
>   Auf morgen sich vertagt!

EDITORISCHE NOTIZ

An dreißig Abenden erzählt in Sâïds Abwesenheit der
Papagei der Mâhi-Scheker insgesamt dreiundsiebzig
Geschichten. Nachdem er ihr so häufig die Erlaubnis
erteilt hat, am Ende des Abends nun rasch noch ihren
Geliebten aufzusuchen, und stets der Morgen diesen
Wunsch vereitelte und sie sich auf den folgenden Abend
vertrösten musste, berichtet er ihr am letzten Abend,
dass die Rückkehr Sâïds bald bevorstehe. Nach Been-
digung der letzten Geschichte schickt er sie ein letztes
Mal los, sie geht, will gerade zur Tür, da pocht es, und
vor ihr steht »ihr Gatte, welcher eben angekommen
war«. Auf Nachfrage berichtet ihm der Papagei, was all
die Zeit geschah, wie treu er ihm gedient und wie er
Sâïds Ehre gerettet habe, und erbittet sich zum Dank
die Freiheit. Sâïd gewährt sie. »Alsdann ließ er seine
Frau Umkehr von dem Vergehen, das sie nicht begangen, beloben und den Herrn um Verzeihung bitten,
worauf sie wieder in vollkommener Liebe ein ruhiges
Leben führten. Der Papagei aber besuchte von Zeit zu
Zeit seinen Wohltäter, und alle verbrachten ihr Leben
in Lust und Herrlichkeit, indem keiner ihrer Wünsche
unerfüllt blieb. Diese Geschichten aber, die weise Lehre
enthaltenden – verständigen Rat entfaltenden – sind

Gaben – daran strebsame Geister sich mögen erlaben; –
da ist keine – noch so kleine – die nicht gewaltigen
Nutzen beut; – gleich kostbaren Perlen sind sie aufge-
reiht – auf den Faden, den die Erzählung leiht.«